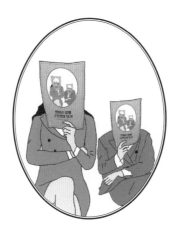

내 아이 감성 영재로 키우는
영화 이야기

이 책은 '2018 NEW BOOK 프로젝트-협성문화재단이
당신의 책을 만들어드립니다.' 선정작입니다.

엄마와 함께
고전영화 읽기

조수진

아들과 함께 고전영화를 보며
삶에 대해
꿈에 대해 이야기했던
지난 3년간의 여정을 기록하다

———

이 책에서 소개한 영화들은 오래된 영화들이어서 DVD나 케이블, IPTV 등을 통해서, 혹은 유튜브를 통해서 볼 수 있다. 그런데 최근 옛날 좋은 영화들이 재개봉되는 경우가 종종 있다. 찰리 채플린 영화시리즈와 시네마 천국도 재개봉했다. 우리는 고려대 KU시네마트랩에서 이 영화를 봤다. 좋은 영화들을 소개하는 독립영화, 예술영화관이 곳곳에 있는데, 집에서 가까운 영화관을 찾아보고 좋은 영화들을 감상하길 권한다.

인생의 시간표는 뜻하지 않게 흘러갈 때가 있다. 기자로, 아나운서로, 프로듀서로 20여 년 방송일을 해왔는데, 늦깎이로 다시 공부를 하겠다고 덤볐으니 말이다. 공부를 하면서 학생들을 가르쳤는데 수업 준비를 하던 중 의외의 상황과 마주치게 된다. 영상커뮤니케이션 수업 내용에 있는 영화의 역사를 강의하기 위해 '고전영화'를 리뷰하며 보고 있는데, 초등학교 5학년 아들 하경이가 내 옆에 슬그머니 오더니 꼼짝 않고 영화를 보는 게 아닌가? 흑백 무성영화가 뭐 그리 재미있을까 싶어 조금 있다 가려니 했는데 계속 관심을 갖고 보는 모습이 너무 신기했다. 그 후 꽤 많은 영화를 같이 보면서도 아들은 전혀 지루해하지 않았다.

아들과 영화를 한 편씩 보며 때로는 재미있고, 때로는 좀 이상하기도 한 영화 속 세상과 사람들에 대해 이야기를 나누었다. 사람들의 꿈과 생각, 그리고 다양한 감정과 관계들에 대해서도 이야기했다. 영화를 보는 횟수가 늘어 갈수록 아들의 질문도 다양해졌고, 나 또한 아들과 영화를 보면서 놓친 것들을 다시 새롭게 볼 수 있는 좋은 시간이었다. 그렇게 영화로 소통하면서 아들의 가장 예민한 사춘기의 한때를 무사히(?) 넘길 수 있었던 것도 같다.

신기하고 소중한 경험이었고 추억이기에 틈틈이 글로 남겼다. 그 기록이 모여 한 권의 책으로 나오게 되다니 이 또한 신기한 일이다. 나와 아들의 경험을 다른 사람들과 공유할 수 있다는 것이 매우 기쁘다.

우선 아이와는 함께 볼 영화에 대해 먼저 이야기하고 영화를 본 후 대화를 나누며 정리하려 했다. 아이에게는 모든 이야기를 쉽고 재미있게 하려고 애썼다. 또한 실제로 하경이가 생활 속에서 궁금해 하는 질문들과 연결될 수 있는 영화를 선별하려 했다.

흑백의 20초밖에 안 되는 영상들이지만 영화가 어떻게 시작됐는지 영화의 배경을 알 수 있기에 그것부터 보기 시작했다. 다큐멘터리와 극영화의 시작에 대해 전문적인 내용도 쉽게 풀어 들려주었다. 〈국가의 탄생〉은 3시간이 넘는 영화였지만 미국 남북전쟁 이야기가 배경이어서 그런지, 기대 이상으로 집중해 보기도 했다. 오손웰스의 〈시민케인〉은 어려운 영화지만 함께 이야기하며 보니 어렵지 않게 즐기며 보는 듯했다.

하경이와 고전영화 읽기를 하는 동안 현존하는 가장 오래된 우리나라 영화인 〈청춘의 십자로〉가 재현되어 상영됐다. 그 시대 영화관의 모습까지 경험할 수 있는 좋은 기회였던 것 같다. '채플린' 영화와 〈시네마 천국〉이 때마침 재개봉하는 행운도 있었다.

고전영화를 보면서 그 영화와 관련된 최근의 영화도 같이 봤다. 그래야 덜 지루할 수도 있고, 함께 극장에서 볼 수도 있기 때문이다.

이런 흐름으로 책의 내용은 구성되어 있다. 각 챕터마다 앞부분은 하경이와의 대화로 영화를 선정하고, 선정된 영화를 보게 된 배경을 적었다. 이와 관련된 최근 영화를 보너스 영화로 제시했고, 영화를 통해 아이들에게 도움이 될 만한 지식을 적었다.

각 챕터의 마지막 부분에는 이 영화와 관련해 우리 아이들이 영화에서 만날 수 있는 '꿈'과 '끼'를 한 주제어로 제시했다. 영화를 보고 하경이에게 해주고 싶은 나의 생각과 영화를 본 아들의 생각을 적어 함께 생각해 볼 주제들을 정리했다.

아들과의 고전영화 읽기는 3년 동안 이어졌다. 그 영화들을 다 실을 수 없어 흐름을 파악할 수 있는 영화들만을 선정해 초고를 쓴 지 꽤 많은 시간이 지나, 이제야 세상에 내놓게 됐다. 지금도 물론 개봉되는 영화를 함께 보고 있지만, 고전영화가 주는 그 맛과는 또 다르다. 아들과 고전영화를 함께 보며 영화에 대해 이야기하고 꿈에 대해 이야기했던 추억은 잊지 못할 것 같다.

이 책의 흐름대로 엄마와 자녀가 함께 영화를 보길 권한다. 아마도 생각보다 훨씬 값진 시간이 될 것이라 믿어 의심치 않는다.

학부모를 대상으로 소통 특강을 간 적이 있다. 아들과 영화로 소통하는 이야기를 했더니 많은 엄마가 관심을 가졌고, 영화 목록이라도 얻고 싶어 했다. 사춘기 자녀를 둔 엄마들에게 도움을 주고 싶은 마음이 책을 쓰게 된 또 다른 동기다. 엄마가 먼저 책을 읽고, 책을 통해 얻게 된 지식으로 아이들과 영화를 보며 소통하고, 그 후에 아이가 책을 보게 할 것을 권한다.

책을 마무리하며 감사한 마음을 전하고 싶은 분들이 많다. 가장 먼저 이 책의 '또 다른 저자'인 나의 아들 최하경에게 무엇보다 감사하다고 전하고 싶다. 고전영화가 쉽지는 않았을 텐데, 엄마와 함께 어려운 시기에 영화로 많은 이야기를 나눌 수 있어서 행복했다고 말하고 싶다. 영화를 사랑한 만큼 감성적이면서도 때로는 이성적인 아들이 대견하면서도 고맙다. 그리고 아들과 영화를 보며 좋은 시간을 가질 수 있도록 배려해주고 역사적인 배경에 대한 어려운 질문을 쉽게 풀어준 우리 집 지식백과인 남편 최석규님에게도 감사하다. 이 책이 세상에 공유될 수 있도록 기회를 준 협성문화재단과 책의 멘토 박경희 작가, 책을 이쁘게 구성하고 디자인해준 호밀밭출판사 박정오 편집자와 최효선 디자이너에게도 감사의 말을 전한다.

작가의 말

1. 영화를 시작하다

2부 - 영화를 만나다

3부 - 영화를 고르다

1

영화를
시작하다

1. 영화의 시작은 어땠을까?

하경: 엄마, 영화는 어떻게 시작이 됐어요? 영화를 자주 보면서 가끔 누가 처음 이런 걸 만들었을까 궁금할 때가 많았어요.

엄마: 그런 생각을 했구나! 뭐든 그 분야가 시작된 상황을 알면 더 잘 이해할 수 있는 법이지. 그래서 역사공부가 중요한 거고. 하경이 역사 좋아하잖아~ 우리 영화의 역사를 찾아가 볼까?

하경: 좋아요. 고전영화는 좀 졸릴 거 같은데, 그래도 지난번 엄마 보던 거 옆에서 보니 재밌던데요. 그런데 엄마! 엄마는 왜 영화를 읽는다고 표현해요?

엄마: 어떤 의미와 목적으로 영화가 시작되었는지, 그리고 영화마다 그 영화를 제작하게 된 동기가 무엇인지, 그래서 어떤 식으로 표현하려 했는지 등을 알면 영화를 더 잘 이해 할 수 있겠지? 그리고 그 영화의 시대적 배경, 상황 등도 생각하면서 보면 좋단다. 그걸 어려운 말로 '맥락'이라고 하지. 언어도 맥락에 따라 의미가 다르지. 영화도 그렇단다. 그래서 영화를 분석하면서 보자는 의미로 읽는다고 표현했단다. 자 그럼 함께 영화를 읽어볼까?

1. 영화를 시작하다

1) 소리에 움직임을!
에디슨(Edison)과 만나는 꿈과 끼 - 꿈, 진로 찾기

에디슨(1847~1931) 사진

'영화의 시작'하면 뤼미에르 형제라고 생각하는 사람들이 많다. 뤼미에르 형제가 영화를 발명한 것일까? 영사기의 발명은 역시 '발명왕 에디슨'으로부터 시작된다.

에디슨은 축음기를 발명해 크게 히트 치면서 '소리' 말고 '영상'을 기록해 볼 수 있는 방법을 생각하게 된다. 그렇게 발명된 것이 '키네토그래프(Kinetograph)'와 '키네토스코프(Kinetoscope)'라는 획기적인 기기.

(왼) 키네토그래프   (오) 키네토스코프

에디슨은 이 '키네토스코프'(1889)라는 기기를 만들고 그 안에서 볼 수 있는 내용, 콘텐츠를 고민하게 된다. 그런데 에디슨이 누구인가! 달걀을 직접 품었던 사람! 에디슨은 영화를 직접 촬영하기 시작한다. 남녀가 키스하는 장면을 찍은 〈The Kiss〉, 무용수가 춤추는 장면을 찍은 〈Serpentine Dances〉, 보디빌더를 찍은 〈The Strong Man〉, 권투장면을 코믹하게 그린 〈Comic Boxing〉. 이 영상들이 에디슨의 초기작품 4편이다. 그럼 배우가 있었을까? 에디슨은 일반인들을 모집해 그들의 모습을 그대로 찍어 움직이는 동영상으로 볼 수 있도록 만든다.

20-30초의 짧은 영상이지만 다양한 모습들을 보여주려 했고, 사람뿐 아니라 동물들을 출연시키기도 한다. 요즘에도 동물을 연출해서 찍은 영상들이 인기가 있듯이 동물들에게 복싱을 시킨 〈The Boxing Cats〉도 재미있다. (*이 영상들은 유튜브에서 'early edison films'을 치면 볼 수 있다)

그런데 '키네토스코프'는 부피가 컸고, 전기를 통해 움직이다 보니 들고 다니기 힘들었겠지? 그래서 촬영도 내부에서 할 수밖에 없는 단점이 있어서 사람들을 데려다가 영상을 찍기 시작했다. 그러니 밖에서 벌어지는 일상은 담을 수 없었겠지! 내용이야 어찌됐든 처음 움직이는 영상을 봤을 때 사람들은 얼마나 신기했을까?

이 영사기는 한 사람씩만 볼 수 있는 기기다. 지금 같아선 그 박스 안을 고개 숙여 들여다보는 게 뭐람 하겠지만, 당시에는 활동사진을 보는 사람들의 소문이 이어져 큰 인기를 누리게 된다. 뭐

든 새로운 기기는 처음엔 조금 엉성하지만 점차 사람들의 필요, 요구가 반영되면서 발전해 나간다는 사실. 이렇게 대중들의 인기를 얻게 되면서 '키네토스코프' 여러 대를 마치 지금의 오락실처럼 진열해 놓고, 상영하기 시작한다. '키네토스코프'가 여러 대 있고, 어른들이 줄서서 고개 숙여 그 안을 들여다보는 모습, 상상만 해도 재미있다.

(위) 키네토스코프 상영장
(아래) 키네토스코프를
보는 사진

그런데 에디슨이 이 기기 발명으로 엄청난 돈을 벌었을까? 에디슨은 발명을 하고 특허를 신청하지 않았다는 후문! 에디슨은 그럴 사람이 아닌데 말이지. 에디슨은 당시 영화를 일시적인 유행이라고 생각했었기 때문인데, 그래서 지금처럼 한 단계 더 나아가 스크린에 투사하는 법을 더 이상 발명하지 않게 된 것.

키네토스코프 광고 사진

위의 사진은 '키네토스코프'와 에디슨 영화를 홍보하는 광고다.(Advertisement for Edison Films and Projecting Kinetoscopes. The Moving Picture World, June 15, 1907, p242.) 에디슨은 발명왕이기도 했지만 사업가로서도 소질이 있었다고 한다.

그런데 뤼미에르가 영화를 스크린에 상영하면서 에디슨이 생각했던 것과는 달리 영화가 유행에 그치지 않고 계속 발전되는 것을 보고 어땠을까? 에디슨이 여기서 한 행동은 영화산업을 독점하고 싶어 특허권 싸움을 시작하게 된다. 그 당시뿐만 아니라 현대사회에서는 더욱 특허권, 저작권이 굉장히 중요해져서 이에 대한 다툼도 굉장히 많다는 사실을 알고 있을 것이다. 어쨌든 에디슨의 그 호기심, 소리에 영상을 입혀보고자 했던 꿈들이 영화가 시작되는 시발점이 되었다는 점은 인정.

엄마 생각

'에디슨은 발명왕이니까!' 라는 생각보다는 에디슨이 영화를 만들게 되기까지의 마음으로 들어가 보자. 축음기로 소리를 재생한 것도 당시에는 획기적인 일이었는데 여기에 안주하지 않고 더 나아가 움직임도 재생하고 싶은 꿈을 꾸게 된다. 계속되는 새로운 세계에 대한 에디슨의 꿈과 도전이 영화의 시작인 '키네토스코프'를 만들게 된 거겠지.

하경이도 꿈을 꾸었으면 좋겠어. 우리는 보통 "꿈이 뭐니?"라고 물으면, 의사가 되겠다. 변호사가 되겠다, 선생님이 되겠다. 이렇게 말하는데, 이런 직업을 말하는 거 말고. 지금 이 시기에는 나는 어떤 일을 하고 싶은지. 내가 좋아하는 일이 무엇인지를 찾는 시간들로 채워지길 바란다. 우리가 '진로 찾기'라고 하면 어떤 직업을 갖고 싶으냐를 말하는 게 아니란다. 내가 앞으로 어떻게 살아갈 것인가를 고민하는 것을 말하는 거야. 그렇게 생각하고 또 생각하다 보면 방향이 생기고 꿈을 꾸게 되고 꿈을 위해 도전을 하게 되는 법. 남과 비교하지 말고 '어제의 나'와 '오늘의 나'가 조금씩 달라지는 꿈을 꿔보자! 그렇게 도전해보자! 도전하면 누구에게나 기회가 온다!

하경 생각

에디슨이 처음 찍었다는 작품 4개를 보면서 '그 시대에는 저런 걸 보고도 좋아했다니!' 이런 생각이 들었지만, 다양한 모습을 보여주려고 시도한 점은 좋았던 거 같다. 당시 상황에서 에디슨이 꿈을 꿈꾸고 도전했던 것들이 우리가 영화라는 것을 보게 된 계기가 됐다는 데 대해 많은 생각을 하게 됐다. 나는 아직 내가 무엇을 하고 싶고, 무엇을 좋아하는지 모르겠지만, 계속 생각하고 고민하며 나의 꿈을 찾아가다 보면 그 꿈을 만나게 될 것이라 믿고, 그 꿈이 다른 사람들에게도 이로운 일이 되었으면 좋겠다고 생각했다.

그리고 또 하나, 나는 호러물을 별로 좋아하지는 않는데 호러물 매니아인 사촌동생 덕분에 요즘 조금 재미있어졌다. 그런데 프랑켄슈타인이 호러물의 시작이라니;; 코미디물 같은데;; 그래도 그 시대에 크리처를 무섭게 만들어 보려는 노력은 별 4개! 그리고 엄마가 이야기한 것처럼 거울을 이용한 의도를 새롭게 알게 되었고, 이제 영화를 볼 때 장치 하나하나도 눈여겨볼 생각이다.

1. 영화를 시작하다

〈프랑켄슈타인〉(Frankenstein. 1910)

미국, 16분, 감독: J. 시얼 더둘리, 출연: 찰스 오글, 어거스터스 필립스, 메리 폴러

에디슨 영화를 검색하면 가장 쉽게 접하게 되는 영화가 1910년 에디슨 컴퍼니에서 만든 최초의 호러 영화 〈프랑켄슈타인〉이다. 에디슨이 직접 만든 영화는 아니지만 호러 영화 역사의 기념비적인 작품이기 때문에 소개한다.

무성영화이기 때문에 중간중간 이야기의 흐름은 친절하게도 자막을 통해 알려준다. 요즘의 호러 영화를 상상하면 금물. 이게 뭐 호러인가? 장난하는 거 같은데...라는 느낌이겠지만 최초의 호러 영화라는 점에서 볼만하다. 왜 인간이 무서운 영상을 만들기 시작했을까? 매년 여름시즌을 겨냥해 개봉되는 호러물들은 시대가 흐르면서 더 무서워지고 잔혹해진다. 우리의 시각적 욕구가 더 자극적이고 새로운 것들을 요구하고 있기 때문이다. 호러물뿐만 아니라 다른 장르에서도 더 폭력적이고 잔인한 장면이 많아지는 이유이겠지.

〈프랑켄슈타인〉은 영국 소설가 메리 셸리(Mary Shelly)의 작품이 원작인데, 이 영화는 원작보다 더 빠르게 이야기가 전개된다. 줄거리는 프랑켄슈타인 박사가 연금술로 몸은 사람이지만 악한 마음을 가진 '크리처'를 만든다. 크리처는 거울로 본 자신의 흉측한

19

모습에 좌절한다. 그리고 아름다운 여인과 행복한 모습의 프랑켄슈타인에 대한 시기심으로 대립하다가 결국 거울 속으로 사라지게 된다. 이 영화에서는 장면 속 거울이 많이 등장한다. 방문을 열고 들어오는 모습을 거울을 통해 보여주는 새로운 연출이 선보인다. 영화를 보는 입장에서 직접 보는 것보다 거울을 통해 비춰진 무언가가 더 섬뜩하고 긴장감을 가져다준다. 영화를 보면서 감독이 영화 장면 내에 어떤 장치들을 의도적으로 마련해놓고 관객에게 말하고 있는지도 생각해보면 좋다.

    〈프랑켄슈타인〉은 영화뿐만 아니라 뮤지컬로도 많이 만들어지고 있다. 같은 내용을 책으로, 영화로, 뮤지컬로~ 이렇게 다른 장르로도 만나보면 또 다른 느낌이 들 것이다.

(왼) 포스터
(오) 크리처의 탄생장면
© 〈프랑켄슈타인〉

2) 내가 바로 영화의 아버지!
뤼미에르(Lumière) 형제와 만나는 꿈과 끼- 전략, 기록

(왼) 오귀스트 뤼미에르(1862~1954)
(오) 루이 뤼미에르(1864~1948)

우리는 다 생일이 있고 기념하는데 영화도 그렇다. 다른 예술분야가 정확히 언제 시작되었는지 알 수 없지만 영화는 대부분 1895년 12월 28일을 생일로 기념한다. 뤼미에르 형제가 영화를 상영한 날! 그 날이 영화의 생일이 된 것이다. 그런데 뤼미에르 형제는 영화 상영 이전에 이미 1894년 영화를 찍는 기기의 특허부터 획득한다. 역시 사업가적 기질이 다분하다.

뤼미에르 형제는 에디슨의 '키네토스코프'보다 기능을 더 개조한 새로운 기기를 만들어 낸다. 촬영기와 영사기를 합쳐 하나로 만들고, 전기가 없어도 작동할 수 있도록 만든다. 또한 수동 작동에 무게를 가볍게 만들어 외부 촬영도 가능하게 된다. 외부 촬영이 가능하다는 의미는 특별한 연출 없이 사람들의 일상을 그대로 담을 수 있게 되었다는 것이다. 그것이 바로 '시네마토그래프(Cinematograph)'이다. 우리가 영화를 '시네마(cinema)'라고 말하는데 뤼미에르의 업적 중 또 하나는 영화를 상징하는 의미로 '시네마'라는 용어를 사용했다는 것이다.

시네마토그래프

뤼미에르 형제는 1895년부터 촬영을 시작한다. 이들은 뤼미에르 공장에서 노동자들이 퇴근하는 장면을 찍어 먼저 컨퍼런스에서 상영테스트를 거친다. 그 후 12월 파리 카푸친 거리 '그랑 카페(Grand Café)'에서 일반인들에게 공개하게 된다. 이날이 바로 아까 말한 영화의 생일로 기념되는 날이다.

1. 영화를 시작하다

아이를 사이에 둔 부모가 아이에게 뽀뽀하는 장면, 정원에서 호스로 물을 뿌리며 장난을 치는 장면 등 살아 움직이는 스크린에 대중들은 놀라움을 금치 못한다. 〈물 뿌리는 정원사〉는 이런 내용이다. 정원사가 물을 주고 있을 때 아이가 호스를 발로 밟아 물이 나오지 않자 정원사가 호스 구멍을 들여다본다. 그때 아이가 발을 떼고, 물이 정원사 얼굴로 뿌려져 웃음을 자아낸다. 아이의 장난인 줄 깨달은 정원사가 아이를 잡으러 다니는 장면을 담았다.

ⓒ 〈물 뿌리는 정원사〉 속 장면

또 하나 유명한 에피소드! 영화 〈열차의 도착〉은 열차가 도착하는 장면을 찍은 작품인데 상영했을 때 관객들이 실제로 열차가 달려오는 것처럼 느껴 놀라서 피하기도 했다고 전해진다. (*유튜브에서 'Lumiere brother's first film'를 검색하면 볼 수 있다.)

ⓒ〈열차의 도착〉속 장면

처음 영화의 길이는 20-30초 정도. 그럼 어떤 내용들을 어떻게 상영을 했을까? 위에서 이야기한 짧은 여러 편의 영화를 모아 상영을 하게 되는 데 음악은 없고, 극장 무대 옆에서 피아니스트들이 연주를 하며 상영을 했다. 뤼미에르 형제는 이후 다양한 영상을 찍어내기 위해 촬영기사 양성과 사업적인 재능을 발휘하게 된다. 지금으로 말하면 카메라맨 교육이다. 12월 대중에게 처음 영화가 공개되기 이전에 이미 기술 독점을 위해 '시네마토그래프' 200대를 비밀리에 만들고, 1896년부터는 교육된 촬영기사들을 전 세계에 내보내 다양한 영상을 모으게 된다. 참고로 18-19세기 제국주의 시대 제국주의자들은 식민지 개척을 하면서 식민지의 다양한 모습들을 사진에 담아 파리 시민들의 궁금증을 해결해주기도 했었다. 시각적 놀이문화가 폭발하던 시기였고, 우리가 경험하지 못한 다른 세계의 사진을 찍어오면 어마어마한 인기가 있던 시기였다. 유럽에 없는 사자, 기린의 사진이라든가, 난쟁이 쇼, 심지어는 국가 시체안치소에 있는 신원조회가 불가능한 변사체를 유리로 된 곳에 전시해 돈을 받기도 할 정도였으니 말이다. 참 기막힌 일이다. 이 정도로 사람들의 시각적 욕구가 많았던 시기였다. 그렇다고 시각적 욕구들이 나쁜 것만은 아니다. 좋은 영향도 있었다. 사진기기 발명의 활성화에 기여하고 움직이는 사진, 영상, 영화로까지 이어지게 되었으니 말이다. 이처럼 사람들은 이미 오래전부터 자신들이 살고 있는 세계 밖의 다른 세상에 대한 관심과 궁금증이 많았고, 뤼미에르 형제는 이러한 점을 파악해 전 세계에 촬영기사들을 보내 경험하지 못한 새로운 모습을 담아오게 한 것이다. 세계 각국에서 촬영기사들이 찍은 작품이 본사로 보내지고 본사에서 여러 영상들을 조합해 다시 세계 각국에서 상영되는 방식으로. 뤼미에르 형제는 이를 통해 부를 쌓게 된다. 실수가 히트 친 경우도 있는데, 실수로 거꾸로 돌아간 필름에 관객들의 반응이 좋아지자 허들 경기, 집을 허무는 장면 등의 영상을 일부러 거꾸로 돌려 상영하기도 한다. 실수도 기회로 만드는 지혜!

거꾸로 상영 장면
ⓒ〈Demolition of a Wall〉

뤼미에르 형제는 영상을 다른 나라에서도 상영하게 되는데, 1896년 2월 런던에서 영상을 공개를 하고, 5월에는 전 유럽, 모스크바, 미국까지 진출한다. 이 의미는 세계 각국에서 영화역사가 시작되도록 계기를 마련했다는 의미를 갖는다. 인재양성 차원으로 훈련받은 촬영기사들은 그럼 어떻게 됐을까? 세계 각국에서 촬영하는 기사들은 서로 주목받는 작품을 만들기 위해 경쟁을 하게 된다. 그래서 이렇게도 찍어보고 저렇게도 찍어보고 하면서 촬영기술이 발전하게 된 것이다. 카메라를 수평으로 왼쪽에서 오른쪽, 오른쪽에서 왼쪽으로 움직이며 촬영하는 파노라마 기법도 처음 사용하게 된다. 요즘은 핸드폰 사진 촬영에도 파노라마 기법이 있는데 말이다. 파노라마뿐 아니라 다양한 촬영기법들이 기사들의 경쟁으로 다양하게 시도되기도 한다. 처음에는 촬영하는 기계에 대해 관심이 컸는데, 점점 다양한 내용을 담는 촬영기사들의 역할이 부각된다. 초기 뤼미에르 형제의 기기 자체가 중요한 역할을 했다면, 이후에는 세계 각국에서 다양한 내용들을 담아오는 촬영기사가 중요해진다는 의미다.

뤼미에르는 작품에서 에디슨처럼 연출을 하지는 않았다. 일상을 그대로 보여주는 기록영화였고, 그것이 이후 다큐멘터리에도 영향을 주게 된다. 뤼미에르 형제를 영화의 아버지라 부를 만하다. 이렇게 한 분야에서 그 분야의 아버지라는 대표적인 인물로 손꼽힌다는 것은 쉬운 일이 아니다. 우연히 되는 일도 아니고. 어떤 사람이 성공했다면 성공의 화려한 결과만 보지 말고 그 사람이 성공하기까지의 과정도 눈여겨보자.

 뤼미에르 형제는 촬영기사들을 교육, 양성하고 전 세계로 내보내 촬영하고 이를 편집해 다시 외부로 상영하는 소위 영화산업을 일으킨 장본인이다. 뤼미에르 형제는 사업적 마인드가 뛰어나 영화기기 제작부터 촬영, 상영까지 전략적으로 발전시켜간다. 뤼미에르 형제를 보며 어떤 일이든 전략을 가지고 시작하는 것은 중요하다고 생각했다. 하경이도 하고 싶은 일, 꿈에 대한 전략을 세워보면 어떨까? 시기별로 구체적으로 정리해보면 좋겠다는 생각이 든다. 나의 삶의 큰 그림을 그려보는 거야. 당장 내가 어느 중학교, 어느 고등학교, 어느 대학에 가는 것도 중요하지만 내 삶을 멀리 내다보면서 어느 시점에서는 꿈을 위해 어떤 것들을 해나갈지 그리고 그 꿈을 구체적으로 만들어가기 위해서는 어떤 노력들을 해야 할지 생각해보면 좋겠다. 인생의 큰 그림뿐만 아니라 작은 일 하나를 목표로 할 때에도 단계별로 발전시켜갈 수 있는 작은 그림들을 그려나가길 바란다. 작은 그림들이 모아지면 분명 멋진 큰 그림이 될 거야!

 우리 집 책장 한 칸에는 내가 자라온 과정이 사진과 기록으로 남겨진 몇 권의 앨범 책이 있다. 엄마 뱃속에 있는 10개월 동안 나의 초음파 사진들과 엄마의 태중일기, 그리고 내가 태어나서 매달 얼마나 커가는지 알 수 있는 나의 사진과 엄마의 일기가 그 내용이다. 내가 사춘기로 접어들 무렵 엄마는 내게 이 앨범을 함께 보자고 하셨다. 내가 얼마나 사랑을 받고 자라왔는가를 느끼게 해주고 싶으셨던 거다. 이렇게 부모님이 남긴 나의 일상들이 내가 커서 나의 역사가 되는 것처럼 뤼미에르 형제가 전 세계에서 사람들의 일상을 찍어 기록했다는 것은 나중에 후세에 역사적으로 중요한 자료가 될 거라고 생각했다. 나도 내 주변을 하나하나 찍어 기록으로 남기고 싶다. 나는 스마트폰이 없으니 디카라도 사주시면...;;

전략 세우고. 기획서 만들기!

무슨 일을 하든지 계획적으로 시작하는 것이 중요하다. 그리고 계획에 대한 구체적인 기획서를 먼저 작성해보는 경험도 중요하다. 자신이 계획하는 일들을 전략적으로 잘 실행해 나가기 위해서 여기서는 기획서에 꼭 들어가야 할 내용들에 대해 함께 이야기하고자 한다. 혹시 나중에 방송국에 입사하고자 한다면 기획안쓰기 시험은 필수이니 미리 연습을 많이 해두도록~.

1. 제목 : 기획안의 제목이 무엇인지 중요하다. 타이틀 자체가 전체 기획안을 대신할 수 있기 때문에 신중하게 내용을 잘 나타낼 수 있도록 제목을 정하는 것이 좋다.

2. 형식 정하기 : 어떤 형식으로 기획을 진행할 것인지, 누구를 대상으로 한 기획인지. 예를 들어 방송이라면 어떤 시청자를 대상으로 하기 때문에 어떤 시간대에 방송하는 것이 좋다 등의 시간대 정하기도 필수.

3. 기획의도 : 가장 중요한 부분이다. 도대체 이 기획을 왜 하게 되었는지에 대해 상대방을 잘 설득할 수 있어야 한다.

1. 영화를 시작하다

- 무엇을 주고자 하는 것인지, 주제를 명확히

- 기획하게 된 배경

- 배경을 뒷받침할 만한 구체적인 데이터 제시

- 구체화할 내용들

- 기타 고려해야할 상황들

4. 구성안 : 어떤 식으로 어떤 방법으로 전개될 것인지에 대한 내용, 다른 기획과의 차별성을 위해 어떤 참신함이 있는지에 대한 설명

5. 기타: 기대효과

* 이러한 내용들이 포함되도록 표를 만들어 연습을 하고, 스스로 기획안을 들고 거울을 보며, 때로는 가족들 앞에서 프리젠테이션도 도전해보자!

* 방송에 관심 있는 친구들이라면, 자신이 즐겨보는 방송을 유심히 본 다음 거꾸로 자신이 그 프로그램에 대한 기획안을 작성해보는 연습도 좋다.

* 한걸음 더 나아가, 요즘 토론교육에 대한 관심과 필요성이 커지고 있다. 토론을 하게 될 경우에도 반드시 시작 전 개요서를 작성해 준비하는 것이 필요하다. 개요서는 긍정적 평가, 부정적 평가로 나눠 각각 주장과 문제제기, 반박의 내용이 일목요연하게 들어가도록 한 장으로 정리한다.

3) 마술을 영화에!
SF영화의 창시자 조르주 멜리어스(Georges Melies)와 만나는 꿈
과 끼 - 상상력

조르주 멜리어스(Georges Melies, 1861~1938)

뤼미에르 형제가 기록영화를 제작해 이후 다큐멘터리에 영향을 주었다면, 조르주 멜리어스는 스토리가 있는 극영화를 시작한, 영화를 예술로 인지한 최초의 제작자로 꼽힌다.

멜리어스의 직업은 마술사다. 뤼미에르가 대중을 상대로 처음 영화를 상영한 프랑스 그랑 카페, 그 장소에 마술사 멜리어스 역시 관객으로 영화를 감상한다. 영화상영이 끝난 뒤 멜리어스는 마술 공연에 적용하기 위해 영사기 판매를 요청하지만 거절당한다. 그렇다고 포기할 사람이 아니다. 당시는 미국, 영국, 독일에서 이미 촬영기기가 발명된 상황이어서 멜리어스는 영국을 통해 영사기를 구입하고 이를 발전시키게 된다. 멜리어스는 구입한 영사기로 촬영을 하는 도중 카메라가 오작동해 잘못된 영상을 갖게 된다. 마차가 영구차로 변해있었던 것. 뤼미에르 형제도 필름을 잘못 거꾸로 돌려 우연히 재밌는 영상을 발견했다고 했던 것처럼 말이다. 멜리어스도 기계 오작동으로 뜻밖의 결과를 만들어낸다. 멜리어스는 마술사인 만큼 손재주가 뛰어난 사람. 이 오작동을 그냥 넘기지 않고, 카메라를 조작하면 상상 이상의 영상을 얻을 것이라는 생각을 하게 된다. 영상을 잘라보기도 하고, 시,공간을 초월해 편집도 해본다. 1890년대 후반에는 fade in (점점 밝게), fade out (점점 어두워지게) 기법까지 발명해낸다. 이로써 오늘날 SF영화의 창시자로 불리게 된 것. 지금 여러분들이 보는 화려한 SF영화는 이렇게 시작되었다는 사실!

멜리어스의 작품은 마술 트릭을 활용한 장면들이 많다. 최초의 영화는 〈사라진 귀부인〉(1896). 멜리어스가 귀부인을 해골로 변신시키는 마술사로 직접 출연하기도 한다. 멜리어스는 '스타 필름(Star Film)'이라는 최초의 영화 프로덕션도 만들고 천장과 벽이 유리로 된 온실형태의 스튜디오 '몽트뢰유 스튜디오'(Montreuil Studio)를 설립해 새로운 기법으로 영화를 제작해낸다. 500편이 넘는 멜리어스의 작품 중 단연 대표작으로 꼽히는 것은 〈달세계 여행〉. 아마도 달의 얼굴 한쪽 눈에 포탄 모양의 우주선이 박힌 재미있는 포스터를 한 번쯤 보았을 것이다. 포스터를 볼 때마다 어떻게 달에 착륙한 모습을 저렇게 표현했는지 그 상상력이 놀랍다.

(위) 영화 장면
(아래) 마술을 이용한 특수효과
ⓒ 〈달세계 여행〉

멜리어스의 대표작 〈달세계 여행〉(1902)은 멜리어스의 집
뒷마당에서 제작되었는데 영화를 볼 때 무대배경과 장치들을 눈
여겨보면서 즐겨보자. 달이라는 미지의 세계를 그 당시에는 도대
체 어떤 상상력으로 표현했을지! 영화의 첫 장면은 영국 대관식 장
면 중계를 보는 듯하다. 달로의 여행을 떠나는 사람들, 그리고 마
중 나온 사람들의 모습이 그려진다. 천문학자, 점성술사, 과학자
즉 당시 근대이성을 대표하는 역할은 백인 부르조아 남자로 표현

된다. 마침내 포스터에 나온 유명한 장면, 달의 한쪽 눈에 우주선이 박히고 달에 착륙하게 된다. 달에서의 여행 중 원주민들을 만나게 되는데 여기서 원주민들은 앞에서의 이성적 인물들과 다르게 토인들처럼 그려졌다. 멜리어스가 달이라는 미지의 세계를 그리면서 인물들을 이렇게 재현한 점들도 생각해보자. 원주민들과의 싸움, 쫓고 쫓기는 가운데 원주민들의 죽는 장면은 마술에서처럼 연기로 사라진다. 그리고 집에 두고 온 가족들을 그리며 별에 얼굴이 그려지는 장면들이 마술사인 멜리어스가 편집을 통해 만들어 낸 당시 특이한 장면들이다. 쫓기고 쫓겨 다시 로켓을 타고 바다에 빠져 고향으로 돌아오는 내용까지. 그 긴박한 상황들을 멜리어스의 마술 기법과 상상력을 동원해 잘 묘사해냈다. 그 당시 사람들에게는 얼마나 신기한 장면들이었을까? SF영화의 시초라 할만하다.

멜리어스는 미지의 세계를 그리며 다양한 상상력들을 발휘한다. 가까운 나의 미래에 내가 경험해보지 못한 미지의 세계를 상상해보면 좋겠다. 꿈을 이룬 많은 사람들 중에는 어릴 적에 내 미래의 모습을 이렇게 상상했었노라고, 그리고 그 모습이 되었다고 말하는 많은 경우를 볼 수 있다. 엄마는 초등학교 고학년, 중학교 때 아나운서가 된 나의 모습을 상상하며 혼자 거울을 보고 진행해봤던 기억이 있다. 먼 훗날 아나운서가 되고 난 후 방송을 진행하다 문득 당시 잊고 있었던 나의 모습이 생각났고, 웃었던 기억이 난다. 하경이 나이는 무한한 가능성이 있다. 자! 나의 미래에 마술과 같은 상상력도 좋다. 멜리어스의 상상력을 발휘해보면 좋겠다.
　　또 하나, 멜리어스는 오작동으로 인해 버려질 수 있는 필름을 보고 가능성을 찾아 영화의 새로운 기법들을 만들어냈다. 뭔가 내가 생각하는 대로 일이 되지 않았을 때 나는 어떠했는지 생각해보자. 위기가 기회일 수 있다는 말을 많이 한다. 그러나 실제 나에게 그런 일이 닥치면 그 좋은 말들이 다가오지 않는다. 그래서 마음을 다잡는 자세, 뭔가 계획대로 되지 않더라도 다시 시작할 수 있는 용기가 필요하단 생각이 든다. 그런 용기를 가질 때 위기가 기회가 되는 것이다.

 <달세계 여행>을 보면서 조금 시시하기도 했지만 스토리가 있어서 뤼미에르 형제 영화보다 재미있었다. 이런 걸 극영화라고 한다고... 달에서 원주민들과 싸우는 장면은 요즘 영화의 전투장면과는 비교도 할 수 없을 정도로 유치하지만, 그래도 사람을 연기처럼 사라지게 만든 상상은 예전에는 굉장히 신기했겠다는 생각이 들었다. 뤼미에르 형제가 영사기를 팔지 않았는데 나중에 멜리어스가 이렇게 재미있게 영화를 만든 걸 보고 어떤 생각이 들었을까도 궁금하다.

1. 영화를 시작하다

〈휴고〉(Hugo, 2011)

멜리어스에게 헌정되는 영화
미국, 126분, 감독: 마틴 스콜세지, 출연: 아사 버터필드, 클로이 모레츠

〈휴고〉 포스터

마틴 스콜세지 감독

이 영화는 한마디로 조르주 멜리어스를 만나게 된 소년의 이야기이다. 브라이언 셀즈닉의 명작 그림책 『위고 카브레』가 원작이다. 마틴 스콜세지 감독의 영화 〈휴고〉는 2012년 아카데미 시상식에서 촬영, 음향편집, 시각효과, 음향효과, 미술의 5개 부분을 수상하며 작품성을 인정받는다. 이 영화가 멜리어스 오마주(존경하는 인물이나 작품을 자신의 영화에 넣는 것) 한 영화라는 점에서 멜리어스를 이야기하며 휴고까지 가본다.

영화 〈휴고〉의 줄거리. 주인공인 휴고는 박물관 학예사였던 아버지를 잃은 후 파리 중앙역의 시계관리인으로 살아가게 된다.

아버지로부터 물려받은 자동로봇인형을 수리하기 위해 부품을 훔치던 휴고는 부속품 가게의 주인 조르주에게 잡히게 된다. 조르주 할아버지는 휴고의 소지품 중 수첩을 발견해 압수하는 데, 그 수첩에는 아버지가 남겨준 로봇인형의 설계도가 그려져 있다. 휴고는 이 유품을 되돌려 받기 위해 할아버지를 쫓아다니다, 조르주 할아버지의 손녀 이자벨을 만나게 된다. 휴고는 이사벨과 인형을 고치기 위해 노력하고 마침내 로봇인형을 고치게 되는데, 이 인형은 그림을 그리는 로봇이었다, 그 로봇이 그린 그림에는 영화 초기 역사가 숨어 있었다. 그 과정에서 우연히 조르주 할아버지가 유명한 영화제작자 조르주 멜리어스라는 사실을 알게 된다. SF 창시자였던 조르주가 영화의 꿈을 포기하고 장난감 가게에서 시간을 보내지만 휴고와 손녀 이자벨의 도움으로 다시 영화제작자의 꿈을 펼치게 된다는 이야기다.

휴고와 조르주 할아버지 ⓒ 〈휴고〉

1. 영화를 시작하다

이 영화는 조르주 멜리어스라는 인물과 그의 인생스토리, 작품을 이해하며 감상하면 더욱 재미있다. 중간에 〈달세계여행〉이 등장한다. 뤼미에르 형제가 최초로 상영했던 기차의 의미, 영사기를 상징하는 자동로봇인형 등도 눈여겨보자. 휴고를 보며 여러 상황들 때문에 잃어버린 나의 꿈은 없는지 깊이 생각해보는 시간을 갖길 바란다.

영화에 존경하는 인물이나 존경하는 감독의 작품을 따라하거나 일부 넣는 것이 '오마주'. 영화 <휴고>가 대표적인 영화이다. '오마주'를 생각하며, 내 아이가 자신의 인생에서 부모의 인생 중 따라해 보고 싶은 부분이 있을까도 생각해본다. 아들이 내 인생을 그렇게 생각해줄까? 뭔가 배우고 싶은 부분이 있을까? 혼자 이런 저런 생각을 하게 됐다. 아이는 부모의 뒷모습을 보고 자란다. 내 아이의 삶 속에 따라 해보고 싶은, 존경하는 부모의 뒷모습이 있었으면 좋겠다.

우리 엄마의 꿈은 무엇이었을까? 아빠는 어떤 사람이 되고 싶었을까? 휴고와 이자벨이 할아버지가 잃어버린 꿈에 다시 도전하게 돕는 장면이 나온다. 실제로 멜리어스는 여러 실패로 영화를 포기하고 장난감 가게에서 여생을 보냈다고 한다. 혹시나 우리 엄마도 결혼해서 아니면 나 키우느라 하고 싶은 일을 포기한 것은 없는지도 궁금해졌다. 엄마의 어릴 적 꿈에 대해 궁금해졌다.

2. 초기 다큐멘터리는 어떻게 시작됐어요?

하경: 옛날 영상들이 지루할 줄 알았는데, 유치하지만 재미있는데요, 어떻게 저 당시에 저런 상상들을 했는지 대단해요. 엄마, 그럼 뤼미에르랑 멜리어스가 다큐영화와 극영화의 시작이라고 했는데, 다음에 어떻게 이어져요? 다큐멘터리가 요즘과 어떻게 다를지 궁금해져요!

엄마: 역시 텔레비전 다큐멘터리 프로그램을 좋아하더니 관심이 많구나. 그럼 다큐멘터리 영화가 어떻게 이어지는지부터, 여기 또 중요한 인물들이 많이 있거든~
한 번 살펴보자!

1. 영화를 시작하다

뤼미에르의 다큐영화 이후 다큐멘터리가 어떻게 발전했는지 궁금해 하는 아들에게 조금은 어려울 수 있겠지만 플라허티와 존 그리어슨, 지가 베르도프를 소개한다. 플라허티의 〈북극의 나누크〉(1922)는 최근 많은 관심을 받았던 다큐멘터리 영화 〈아마존의 눈물〉(2009)의 영상에 비하면 매우 단순하게 느껴질 수 있겠지만 원주민들의 옛 모습을 엿볼 수 있어 지루하지 않게 볼 수 있다.

뤼미에르 형제의 영상은 일상을 그대로 담아냈다는 점에서 다큐멘터리의 시작이라고 볼 수 있고, 반면 멜리어스는 연출, 편집, 스토리가 가미된 극영화의 시초라고 볼 수 있다. 그렇다면 이후에는 어떻게 발전해 나갔을까?

영화가 인기 많아지면서 수많은 제작자가 뤼미에르처럼 다큐영화를 제작한다. 영화가 다 똑같은 패턴으로 나오다 보니 사람들은 다큐영화에 질리기 시작했다. 심지어는 황실 홍보, 전쟁하는 군대 홍보 등을 다루면서 조작성이 가미되기도 한다. 이로 인해 다큐멘터리의 신뢰성도 사라지게 된다. 게다가 많은 영화 제작사들이 뉴스영화를 만들기 시작했는데, 다큐영화에서 취급하던 소재인 전쟁, 천재지변, 스포츠 행사 등을 뉴스영화에 빼앗기게 된다. 자연스럽게 다큐영화는 인기를 잃어간다. 다만, 일상의 모습, 장면묘사, 파노라마, 세계도시 풍경 등의 소재는 탐험가들에 의해 발전하게 된다.

1) 플라허티와 만나는 꿈과 끼 – 감성,
그리고 편협 되지 않은 시각

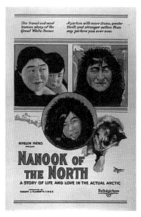

〈북극의 나누크〉 포스터

플라허티(Robert J. Flaherty, 1884~1951)는 광물시추기사였던 아버지를 따라 어릴 적부터 북미 대륙을 다녔고, 자신도 아버지처럼 광산기사가 된다. 캐나다 회사에서 일하게 된 플라허티는 허드슨 북해의 광물자원을 탐사해 보고하는 일을 맡게 된다. 3번째 탐사를 나가게 되면서 탐사지역의 살아가는 모습을 영화로 찍어 볼 것을 제안받고 1914년과 1915년 두 차례에 걸쳐 그 지역 에스키모인들의 생활상을 담아내기 시작한다. 이 일을 계기로 본격적으로 영화 일을 시작하게 되는데 1916년 사고로 그동안 찍었던 필름이 다 타버려 소실되는 일을 경험한다. 그렇지만 포기하지 않고 다시 탐사 기금을 모아 1920년 다시 영화를 찍게 되는데 그 영화가 바로 〈북극의 나누크〉(1922).

1. 영화를 시작하다

나누크(NANOOK)는 북극곰이란 뜻의 주인공 이름이다. 이티비무이츠 부족인 나누크의 가족들이 이 영화의 주인공이다. 영화의 내용은 나누크 가족들이 살아가는 일상 이야기이다. 보통 북극에 사는 사람들을 우리는 에스키모인이라고 부른다. 그런데 그 사람들은 자신들을 이뉴잇(인간이라는 뜻)으로 부른다고 한다.

〈북극의 나누크〉는 다큐멘터리지만 어느 정도 줄거리가 있으며, 무성영화이기 때문에 내용 전달이 필요한 부분은 중간에 설명이 자막으로 들어가기도 한다. 〈북극의 나누크〉를 보면 플라허티의 감성이 그대로 드러난다. 인간을 바라보는 시각이 따뜻함을 느낄 수 있다. 플라허티는 감각이 뛰어나고 극영화까지 마스터한 실력도 갖추고 있었다.

이티비무이츠 부족인 나누크는 북극에서 동물사냥으로 살아가는 부족인데, 그들의 사냥하는 모습, 아버지가 아들에게 사냥을 가르쳐 주는 모습, 물물 교환, 이글루 생활, 썰매 타기 등의 실생활이 그려진다. 첫 장면이 참 재미있다. 카약을 타고 오는 나누크 가족, 1인용 카약에서 사람이 계속 나온다. 마술처럼. 심지어 애완견까지도. 물론 편집을 이용해 연출된 것이다.

그런데 플라허티가 이 영화를 찍을 당시 나누크 가족들이 정말 그렇게 살았을까? 그렇지 않았다는 사실. 그래서 그 시대 생활상이 아니라 전통적 생활방식이 재현됨으로써 '사실성 없는 낭만적인 다큐'라는 비평을 받기도 했다. 하지만 여기서 눈여겨볼 것

(위) 나누크
(아래) 활쏘기 사냥법을 가르치는 모습
ⓒ 〈북극의 나누크〉

1. 영화를 시작하다

은 에스키모인들을 바라보는 시각이 왜곡되지 않고 객관적이었다는 것이다. 그래서 이후에 인류학자들에게 큰 관심을 받게 된 것이다. 물론 나누크 가족이 축음기를 보고 깨물어보는 장면은 그들의 미개함을 나타내는 장면이었다는 비판도 있긴 하지만 전체적인 내용은 그렇지 않다는 것.

그럼 다른 다큐들도 플라허티처럼 다 따뜻한 내용이었을까? 그렇지 않았다. 당시 플라허티와는 다르게 저급한 다큐들도 양산되는데, 예를 들면 아프리카 사람들에게 담배를 피게 하고 담배 연기로 괴롭히며 기침하는 모습을 보고 웃는 장면들이 담겨 있는 내용도 있었다.

한편, 〈북극의 나누크〉 이후 다큐가 여기저기서 많이 나오게 된다. 터키 유목민들의 장면을 그린 쿠퍼(Merian C. Cooper)와 쇼애드색(Ernest B. Schoedsack)의 〈초원〉(Grass, 1925)이 대표적이다. 쿠퍼와 쇼애드색은 현재의 태국인 Siam 밀림속의 가족을 촬영한 〈창〉(Chang: A Drama of the Wilderness, 1927)를 발표한다. 나무를 베는 가장의 모습으로 시작되는 이 영상은 밀림 속 동물들의 침입 속에서 가축을 지켜내기 위해 염소우리를 더 높게 만드는 장면들이 연출되는데, 쿠퍼와 쇼애드색은 이 영화 이후 동물을 다루는 영화에 몰입하게 되고, 1933년 그 유명한 〈킹콩〉을 만들게 된다. 〈킹콩〉도 시대 변화에 따라 제작된 작품들을 비교하며 보면 재미있다. 그리고 동물을 그린 장면들도 요즘 시대의 '동물의

왕국'과 같은 프로그램 장면과 비교도 해보자. (*역시 영상은 유튜브

에서 쿠퍼를 검색하면 볼 수 있다)

(위) 〈킹콩〉(1933)
(아래) 〈킹콩〉 속 장면

1. 영화를 시작하다

플라허티가 에스키모인을 바라보는 관점을 생각해봤다. 제국주의 시대 백인의 시각으로 왜곡되게 에스키모인들을 바라보지 않았다는 점이 좋았다. 이제는 우리나라에도 외국인 근로자들이 많이 있다. 종종 그들에 대한 차별이 문제가 되고 있다. 외국인 근로자들을 바라보는 나의 시각은 어떠한지? 내가 그들을 대상으로 다큐멘터리를 만든다면 어떤 시각을 가지고 그들을 바라볼 수 있을지? 우리 아이들이 플라허티와 같은 편협 되지 않은 시각과 그들을 바라보는 따뜻한 정서가 있었으면 좋겠다.

 카약에서 사람들이 줄줄이 나오는 모습이 신기했는데, 연출이었다니... 바다표범을 잡는 모습이 신기했는데, 이미 총으로 잡아서 죽은 바다표범이었다니... 엄마에게 이런 작품의 뒷이야기를 듣고 조금은 실망스러웠지만, 그래도 예전의 에스키모인들의 모습을 보여주기 위해서였다니 봐준다. 전체적으로 나누크 가족들이 사랑스러웠다. 다큐멘터리가 참 따뜻하게 다가오는 작품이었다.

일요일에 대학로 혜화동 성당 앞길에 외국인 노동자들이 모여 장을 벌인 모습을 볼 수 있었다. 거기 가보면 여기가 필리핀인지 한국인지 헷갈릴 정도로 그 나라의 음식, 물건 들이 판매되고 서로 모여 정을 나누는 모습을 볼 수 있다. 플라허티의 다큐멘터리를 보면서 나도 우리나라에 온 외국인들이 한국에 적응하면서 살아가는 모습들을 담아보고 싶다는 생각을 했다. 한국에 온 외국인들이 먹방하는 거 말고~.

2) 존 그리어슨과 만나는 꿈과 끼 – 이성

플라허티의 다큐가 '사실성 없는 낭만적인 다큐'라는 비평을 받았다고 했는데, 그 비평을 한 사람이 바로 존 그리어슨(John Grierson, 1898~1972)이다. 스코트랜드 출신인 존 그리어슨은 공부를 위해 미국으로 가게 되는데 미국에 실제 가보니 유럽인들이 가졌던 미국에 대한 환상, 미국 민주주의에 대한 환상이 깨지게 된

존 그리어슨 (1898~1972)　　　　〈유망어선〉 포스터

다. 그리어슨은 사람들이 바르게 지각하기 위해서는 영화가 그 수
단이 되어야 한다고 생각했다. 영화가 교회나 학교 대신 설교단의
역할을 해야 한다, 영화 자체가 설득의 수단이지 목적이 아니라는
것이다. 좀 어려운 이야기다. 쉽게 말하면 제대로 된 현실을 영화
로 보여주자는 이야기로 이해하자. 존 그리어슨은 '플라허티는 인
정하지만, 현실은 반영되어야 하는 것이다'라고 말하며 플라허티
를 비판하게 된 것이다.

　　1929년 존 그리어슨은 영국으로 돌아와 본격적으로 영화제작
에 참여하게 된다. 청어 산업에 대한 영화 〈유망어선〉(Drifters,
1929)는 바다로 향하는 사람들, 파도, 갈매기, 배의 모습들을 그리
며 시작된다. 새롭게 만들어진 배에서 거친 바다와 맞서 물고기를
잡는 모습, 바다의 모습, 만선이 되어 돌아온 배, 청어를 분류해 절
이는 모습, 기차운송으로 각지로 나가는 모습 등을 잘 보여주고 있

다. 인간과 기계가 어떻게 잘 맞물려 가는지에 대한 내용을 알리고 싶었던 것이다. 이 영화가 흥행에 성공하자 영국에서는 필름 유니트 (Film Unit)를 만들게 되고 이로써 본격적으로 영국 다큐멘터리 운동이 시작된다. '다큐멘터리'라는 용어를 처음 사용한 것으로 유명하다. 1936년 〈Song of the Ceylon〉라는 유성영화가 유명해지면서 전 세계적으로 그리어슨의 다큐운동이 알려지게 된다. 또 다른 작품으로는 우편배달의 과정을 그린 〈Night Mail〉, 주택문제를 다룬 〈Housing Problem〉 등이 있다. (* 유튜브에 'grieson documentary'로 검색하면 영상을 볼 수 있다)

플라허티가 인간적인 친밀감을 담아냈다면, 그리어슨은 사회문제를 다룬 영화를 많이 만들어낸다. 플라허티의 감성도 그리어슨의 이성도 다 필요하기 때문에 이 둘의 관계를 잘 유지하는 것이 필요하겠다는 생각을 한다. 우리 아이들이 사회문제를 바라보는 시각이 균형 잡힌 시각이었으면 하는 생각을 해보게 된다.

그리어슨의 영화들은 중요한 문제들이지만 조금 심각한 문제를 다루기도하고 정말 다큐멘터리 같아서 지루하기도 했다. 플라허티의 다큐를 '사실성 없는 낭만적인 다큐'라고 비판했다는데, 그래도 난 그게 더 끌린다. 나는 확실히 감성적인 남자인가 보다.

3) 지가 베르토프와 만나는 꿈과 끼 - 사회를 바라보는 눈, 진실

　　다큐멘터리를 말하면서 중요한 사람, 한 사람 더 만나본다. 러시아의 지가 베르도프(Dziga Vertov, 1896~1954)! 1918년 모스크바 영화위원회 소속 뉴스영화 담당 편집책임자였던 베르도프는 세계 각지에서 보내온 필름을 편집해 자막을 담아 다시 사기충전을 위해 전선으로 보내는 일을 담당했다. 베르도프는 생생한 현실을 그대로 드러내는 일을 중요시했다. 그는 영화가 진실을 말하는 매체가 되길 원했다. 1922년부터 제작된 〈키노-프라우다〉(Kino-Prauda, 영화-진실)는 그의 작품 세계를 가장 잘 나타내주고 있다. 베르도프가 선언한 유명한 〈키노-아이〉(Kino-Eye, 영화-눈)선언을 보면, "나(카메라)는 눈이다, 나는 기계적 눈이다. 나는 내가 볼 수 있는 세계만을 사람들에게 보여준다... (이하 생략)"라고 강조한다. 현실을 반영하는 영화를 말하는 것이다.

　　베르도프는 다큐멘터리와 상반되는 극영화에 반감을 가지고 있었다. 그 이유를 들어보자. '극영화는 연극 무대를 그대로 찍어 보여주는 것부터 시작된 것인데, 연극은 부르조아의 여가생활이기 때문에 무의미한 일이다'라고 생각했다. 결국은 자본가들이 대중들을 조정하고 조작한다고 생각했고, 따라서 극영화는 만들 필요가 없으며, 현실만을 바탕으로 한 다큐 영화가 필요하다고 생각했다. 베르도프의 작품으로는 새 정권이 들어서 새로워지고 있음을 보여주는 〈지구의 1/6〉(1926)이 있는데, 혁명과 그 변화가 얼마나 기쁜 것인지를 보여주고자 했으며, 기계 돌아가는 장면 등이 역동적으로 표현되어 있다.

카메라를 들고 기차에 매달린 모습 ⓒ 〈카메라를 든 사나이〉

베르도프에서 꼭 알아야 할 작품은 〈카메라를 든 사나이〉(1929). 베르도프의 기념비적인 작품으로 꼽힌다. 미하일 카우프먼 주연으로 소련의 일상생활을 보여주면서 주인공인 카메라맨까지 같이 보여주는 형식이다. 기차가 달려오는 장면을 찍기 위해 카메라맨이 달려오는 기차 앞에서 카메라를 대기하고 있는 장면 등 정열적으로 카메라맨의 촬영 모습이 담겨 있다.

베르도프는 이렇게 생생한 현장에서 촬영된 영상을 주제별

〈카메라를 든 사나이〉 포스터

1. 영화를 시작하다

로 세분화하는 편집단계를 거치고 영화의 주제를 강조하기 위해 영상을 중간중간 삽입하는 방식을 사용한다. 정권이 바뀌면서 정권이 제시하는 시나리오에 입각해 영화를 제작하도록 요구당하지만, 베르도프는 자신의 신념대로 이를 거절해 당국으로부터 외면당하고 영화계에서 멀어지게 된다.

베르도프는 자신을 보도기자로 생각하며 현실을 그대로 알리기를 원했다. 자 우리가 지금 보고 있는 뉴스를 생각해보자. 뉴스에서 말하는 내용의 진실이 어디까지라고 생각되는가?

세상에는 하루에도 참 많은 일들이 일어난다. 그렇다고 모든 일들이 뉴스가 되는 것은 아니다. 어떤 한 이슈가 집중되어지고, 틀이 지어진다. 이것을 프레임(frame)이라고 한다. 사람들은 뉴스에서 다루는 현실을 실제 현실이라고 믿게 된다. 아직은 어렵겠지만, 이제 이 영화를 본 후부터는 뉴스를 보며 뉴스가 다루는 내용이 과연 어떤 프레임으로 구성된 것인지도 생각해보면 좋겠다.

엄마가 예전에 삼풍백화점이 무너졌을 때 그 무너진 현장을 취재하시던 경험을 이야기해주신 적이 있었다. 내가 태어나기 훨씬 전이어서 나는 그 사건을 모르지만 인터넷에 올라와 있는 삼풍백화점 무너진 사진들을 보면서 위험하기도 했을 텐데 그 사고 현장을 매일 매일 출퇴근하며 취재하고 기사를 쓰신 것이 대단하다고 생각했었다.

그리고 오늘 이 영화를 보면서 어떻게 기차에 매달려 카메라로 찍을 생각을 했을까? 기자 정신이 대단하다고 생각했다. 그런데 그렇게 찍었다고 생각하고 보니 실제 눈으로 보는 것 같은 느낌이 들기도 했다. 뉴스를 보면 사건 현장에서 리포팅하는 기자들을 보게 되는데, 나도 저런 현장에서 사람들이 보지 못하는 것을 알려주고 싶다는 생각을 할 때가 있다. 혹시 내가 나중에 기자가 된다면 베르도프를 생각하게 될 거 같다. 그리고 엄마도 생각나겠지?

엄마와 아이가 함께 해 보세요~ 글쓰기 연습

1) 학교나 가정, 학원 등 우리 주변에서 일어나는 일들을 소재로 기사 써보기!

2) 같은 주제의 뉴스나 논설을 스크랩해 각 신문마다 어떻게 다른 시각에서 다루고 있는 지 비교해서 설명해본다. 신문마다 논조가 다르다는 것을 알게 된다. 이왕이면 인터넷으로 기사를 보지 말고 종이 신문을 보면 더 좋다.

3) 기사를 읽고 2~3문장으로 요약해 보는 연습!
   반대로 요약한 기사를 다시 늘려 써보는 연습!
   글을 읽고 핵심 주제가 뭔지 파악하는 좋은 방법이다.

4) 신문 논설 필사도 좋은 방법
   문예창작학과에서는 좋은 소설을 필사하는 것으로부터 글쓰기 연습을 시작하기도 한다.
   신문 논설은 논리적인 글이어서 필사하면서 논리적인 글을 쓰는 연습을 할 수 있다.
   일, 노트를 한 권 준비한다.
   이, 신문에서 논설 부분을 오려 노트 한 면에 붙인다.

1. 영화를 시작하다

삼, 다른 한 면에 기사를 그대로 필사를 한다.

사. 필사 후 잘 모르는 단어를 사전에서 찾아 적는다. (한자도 알아두면 좋다)

오, 필사한 내용을 2~3 문장으로 요약해본다.

일주일에 3회 정도 꾸준히 1년을 하다 보면 글 쓰는 실력이 늘게 된다. 신문마다 논조가 다르기 때문에 다양한 신문을 번갈아 보는 것이 좋다.

일 년 후부터는 ~

육, 신문논설 제목만 보고 내용을 가리고 그 제목으로 내가 논리적인 글을 써본다. 그리고 신문의 논설과 내가 쓴 글과 비교해본다.

신문 필사 사진

3. 그 유명한 오데사의 계단!
에이젠슈타인(Sergei M. Eisenstein)의 〈전함포템킨〉
(The Battleship Potemkin, 1925)에서 만나는
꿈과 끼 - 용기

하경: 엄마, 언젠가 우리 가족이 여행 갔던 영화 촬영소 생각이 날 때가
있어요. 〈겨울연가〉 촬영지인 남이섬의 은행나무들은 정말 환상
적이었어요. 〈건축학개론〉의 무대인 제주도도 인상적이었고요.
고전영화 속에 나오는 명소도 있겠지요? 궁금해요.

엄마: 맞아. 〈전함포템킨〉이라는 영화에 '오데사의 계단'이 나오거든.
오데사라는 곳에 넓고 높은 계단이 있고 거기서 대치하는 장면이
나오는데, 이 영화 이후 이렇게 계단을 배경으로 한 영화, 광고가
여기저기서 나오고 있단다.
오데사는 우크라이나 지역에 있어. 이 영화를 보면서 오데사의
계단이 나오는 장면을 잘 보자. 새로운 기법들도 많이 나온단다.

하경: 초기 영화에서도 새로운 기법들이 많이 나왔는데, 이 영화도 그
렇군요. 옛날 영화를 보면서 촬영기법이 시작된 것들을 보는 것
도 너무 신기해요.

1. 영화를 시작하다

에이젠슈타인(Sergei M. Eisenstein, 1898~1948)   〈전함포템킨〉포스터

〈전함포템킨〉(1925)은 1905년 러시아 해군 병사들이 전제 군주 하의 장교에 대항해 반란을 일으킨 사건을 내용으로 하며 크게 다섯 부분으로 나눠진다.

1부 '인간과 구더기' - 썩은 고기를 해군들에게 배식할 것을 지시하는 장교(자신들은 좋은 거 먹으면서, 나쁘지?) 기생충을 씻어내면 된다는 군의관(도대체 의사가 이런 말을 해도 되는 건가?), 그 썩은 고기를 먹어야 하는 해군(그 사실을 알았을 때 얼마나 충격이었을까?) 들의 신세가 그려진다. 썩은 고기를 먹어야 하는 전함 포템킨호 해군들, 가만있을 수가 없었을 것이다. 그래서 반란을 일으킨다.

2부 '바다에서의 드라마' - 함장이 선원들의 불만을 잡기 위해 선원을 소집하는데, 반란을 주도하는 바쿨린추크 일행이 희생

된다.

3부 '죽은 자가 정의를 이끈다' - 포템킨호가 항구에 도착하고 선원들은 바쿨린추크의 시신을 부두에 두고 추모하는데, 시민들이 바쿨린추크의 시신을 보면서 마음이 움직여져 시위에 가담하게 된다.

4부 '오데사 계단' - 포템킨호에 식량을 전하던 시민들을 무장 군인들이 들이닥쳐 무차별 사격을 한다. 오데사 계단에서의 민중 학살이 시작된다. 총에 맞은 자신의 아이를 안고 울부짖는 어머니의 모습, 엄마가 총에 맞아 유모차를 놓쳐 유모차가 계단을 굴러 내려가는 장면, 노인들에 대한 무차별 사격 등 여러 장면이 교차하며 당시의 상황을 표현한다.

5부 '함대와의 조우' - 포템킨호는 뒤늦게 육군의 근거지인 '오데사 극장'을 공격하지만 이미 늦은 상황, 더 이상 혼자의 힘으로 감당할 수 없어 다른 함대의 합류를 기다리게 되고 다음 날 다른 함대가 나타난다. 두 함대는 서로를 향해 총을 겨누게 된다. 자신을 향할 것인지, 육지를 향할 것인지 긴장감이 도는 순간이다. 그리고 그 다른 함대의 포문은 육지를 향하게 된다.

1. 영화를 시작하다

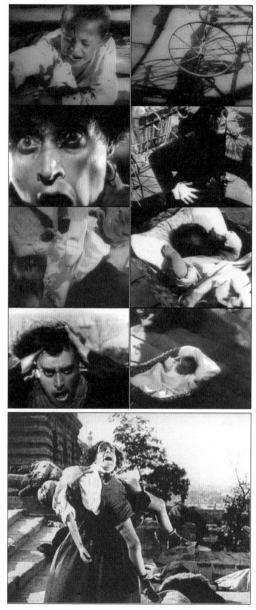

영화 장면 중
오데사의 계단
ⓒ 〈전함포템킨〉

영화 장면 중 오데사의 계단 ⓒ 〈전함포템킨〉

1. 영화를 시작하다

다큐멘터리 영화가 1920년대 중반까지 소련에서 절대적인 인기를 얻고 있다가 1920년대 중반 이후부터는 극영화에 자리를 빼앗긴다. 여기서 만나볼 대표적 인물이 세르게이 M. 에이젠슈타인 (1898-1948)이다. 사실 에이젠슈타인의 영화를 보다가 혼자 보기 아까워 아들과 함께 보게 된 것이 고전영화 읽기를 시작한 계기가 되었다. 보석을 발견한 것 같은 느낌이었다. 영화나 광고에서 자주 등장하는 너무나도 유명한 오데사의 계단 장면, 편집기법, 은유 등 아이에게 설명해줄 것이 많았던 작품이다.

영화를 이해하기 위해서는 당시 소련의 시대 상황을 이해할 필요가 있다. 1905년 상트페테르부르크 노동자들이 8시간 노동, 최저임금제를 요구하는 시위를 하는 중에 군인들이 총을 겨눠 수백 명이 죽고 부상당하는 사건이 일어난다. 이를 계기로 1차 러시아 혁명이 일어난다. 이후 이러한 분위기는 전국으로 번지고 곳곳에서 무력충돌이 일어난다. 포템킨호의 반란, 모스크바 철도 노동자 동맹 파업 등으로 이어진다. 이 영화는 1905년 오데사 항구에서 실제로 일어난 '전함 포템킨호'의 해군들의 반란 사건을 소재로 한 영화다.

황제가 집권하는 군주정 소련에 1919년 볼세비키 공산주의 혁명이 일어난다. 극심한 가난으로 고통받고 있던 농민과 노동자들은 이 시기 유럽에서 불고 있던 공산주의 사상을 받아들이면서 혁명으로 공산주의 국가 소련을 만들게 된다. 이런 배경 속에 탄생한 소련은 공산주의 사상을 민중들에게 전파하고 당위성을 알리기 위해 영화를 만들어 보급한다. 1925년 이러한 배경 속에 만들어진 영화가 1905년 포템킨호의 반란을 다룬 영화 〈전함포템킨〉이다. 즉 프로파간다(propaganda, 선전)적 성격을 띠는 영화다. 프로파간다는 개인이나 집단이 그들이 바라는 반응을 상대방에게 얻기 위해 커뮤니케이션 수단을 이용해 태도를 형성하고 조종하고 변화시키려는 의도적인 시도를 말한다. 소련에서 당시 이 영화가 그렇게 사용되어진 것이다. 미디어의 영향력은 대단하다. 그래서 예나 지금이나 미디어를 통한 선전 활동은 계속되고 있다. 남과 북이 분단된 우리나라도 예외는 아니다. 우리나라에서는 프로파간다로 주로 라디오가 많이 활용되었는데, 북한이 남한을 향해 자신들의 정당성을 주장하고 회유하려는 방송이 대남방송이고, 남한이 북한을 향해 남한체제, 자유민주주의 사상 등을 전하고 있는 것이 대북방송이다. 이러한 방송은 남북관계 변화에 따라 내용이 변화되면서 지금도 계속되고 있다.

몽타주

이러한 시대적 배경을 이해하고 이제는 장면 하나하나에 집중해본다. 에이젠슈타인은 '몽타주의 대가'라는 타이틀이 붙는다. 여러분도 **몽타주**라는 용어를 많이 들어봤을 것이다. 영화 사전에 의하면, '영화의 의미가 개별적 장면에서 기인한 것이 아니라 충돌에서 기인한 것이라는 인식, 일련의 짧은 장면이나 단순한 편집을 인상적이고 극적인 효과를 위해 병치 배열로 편집하는 기법'이라고 설명한다. 좀 어렵다. 쉽게 설명하자면, 편집을 통해 새로운 의미를 구성한다는 것이다. A라는 컷(장면)과 B라는 컷을 극적으로 연속배치하면서 새로운 C라는 관념을 만들어 낸다. 대표적으로 꼽히는 장면이 바로 오데사의 계단이다. 영화를 보며 이 부분이 어떤 컷들로 배치되어 어떤 의미를 알 수 있게 만드는지 주의 깊게 보자. 계단에서 총을 겨누는 군대, 총을 쏘지 말라고 외치는 여자, 총에 맞아 쓰러지는 시민, 유모차가 계단으로 굴러 떨어지는 장면 등이 빠르게 전환되면서 당시의 상황, 긴장감. 두려움 등이 잘 표현되어 있다.

오마주

오데사의 계단 장면은 광고나 영화에서 여러 번 오마주 되기도 했는데, 오마주는 프랑스어로 '감사, 존경'의 의미를 담고 있다. **'오마주'**란 존경하는 감독의 작품에서 한 장면을 자신의 영화에 존경의 의미로 넣는 기법이다.

오데사 계단 오마주 장면 ⓒ〈언터쳐블〉

오데사의 계단이 오마주된 것으로 유명한 작품은 브라이언 드 팔마(Brian De Palma) 감독의 〈언터쳐블〉(1987)이라는 영화다. 역시 계단과 유모차가 등장한다. 대신 배경이 기차역계단에서 벌어지는 총격전이다. 총격전에서 유모차가 계단 밑으로 굴러 떨어지는 동안 아이의 표정은 해맑다. 이렇게 요즘 영화에서 고전영화를 발견하는 재미도 쏠쏠하다.

〈언터쳐블〉의 감독 브라이언 드 팔마는 에이젠슈타인 영화 뿐 아니라 영화의 거장으로 불리우는 알프레드 히치콕의 영화를 통해 꿈을 키운 것으로 알려져 있는데, 그의 영화 〈필사의 추적〉에 보면 그 유명한 히치콕의 영화 〈사이코〉의 욕실 살인 장면이 오마주 되기도 한다.

계단씬은 1985년 테리 길리엄의 〈여인의 음모〉에서도, 1999년 우리나라 이명세 감독의 영화 〈인정사정 볼 것 없다〉에서도 볼 수 있다. 그리고 이 책에 소개된 영화 〈휴고〉도 마틴 스콜세지 감독이 멜리어스에게 경의를 표하는 작품으로 유명하다. 최근 개봉된 인기 영화, 영국배우 콜린퍼스의 첫 액션 도전작 〈킹스맨〉도 〈본드 시리즈〉를 오마주했다. 〈킹스맨〉이 청소년관람불가라 지금을 볼 수 없겠지만 이후 이 영화를 보게 되면 오마주를 떠올려볼 것~.

우리가 앞으로 보게 될 영화 <헬프>에서도 흑인 여성들의 용기로 세상이 바뀌고 더 나은 세계로 나아가는 모습을 보게 될 거야. 이 영화도 마찬가지다. 이 영화에서는 불합리함과 싸우는 배 안 해군 병사들, 그리고 해군 병사들과 동참해 용기 있게 나서는 일반 시민들의 모습을 볼 수 있었다. 많은 희생이 있었지만 용기를 낼 때만이 세상을 바꿀 수 있다는 것을 보여준다.

　　우리 사회에서 이런 용기를 찾아보자. 수 없는 외세의 침략으로 나라를 빼앗겼을 때 민중들의 용기가 있었고, 촛불시위 등 민주주의 수호를 위해서도 많은 이들의 용기와 희생이 있었다.

　　일본군 위안부 피해자 문제를 전 세계에 알린 할머니들의 용기도 <헬프>의 주인공 못지않다. 이런 분들의 용기와 희생으로 지금의 우리가 있는 것이다.

　　너무 거창했나? 이제 하경이는 학교 생활하면서 어떤 용기 있는 모습들이 필요할까도 생각해보면 좋겠다. 자신이 선 그 자리에서 작지만 용기 있는 행동 하나하나가 세상을 바꿀 수 있다.

　　이 영화를 보면서 얼마 전 읽은 『용기 없는 일주일』이란 책 내용이 생각났다. 이 책은 왕따, 학교 폭력에 대한 이야기다. 책을 읽으며 지금까지 왕따나 학교 폭력에 대해 무심했던 자신이 부끄러웠다. 내 일이 아니라는 이유로 방관했던 일이 불현듯 떠올랐기 때문이다. 초등학교 때 친했던 친구가 중학생이 되면서 방황하는 모습을 보았다. 학교에서 소위 '노는 아이들'이라고 불리는 친구들과 어울려 다니면서도 그리 행복해 보이지 않던 친구의 모습을 보면서 모른 척했다. 지금부터라도 주위에서 학교 폭력이나 왕따 때문에 힘들어하는 친구를 만나면, 결코 외면하지 않을 것이다. 용기를 내어 내가 먼저 손을 내밀어 줘야겠다. 그러기 위해서는 '용기'가 필요하다. 영화를 보며 감동 깊게 읽었던 책이 생각나 나의 모습을 보게 되어 다행이다. 나부터 용기를 내는 것이 힘들지만 필요한 일이라는 걸 새삼 느낀다. 그리고 이 영화에서의 명장면 오데사 계단은 여러 장르에서 오마주 되었다고 한다. 내 꿈을 펼쳐나가면서 내 인생에서 오마주 하고 싶은 인물이 있다면 누구일까? 행복한 상상에 잠긴다.

함께 해봐요- 스토리보드 꾸미기

에이젠슈타인의 '몽타주' 편집기법을 통해 스토리보드를 꾸며보자.

준비물: 잡지나 신문, 4절지 도화지, 풀, 가위

스토리보드 꾸미기는 예비 방송 구성작가들이 작가 수업을 하며 연습하는 하나의 방법이다. 몇 컷의 만화로 이야기를 만들어 보기도 하고, 잡지나 신문에서 주제를 가장 잘 표현할 수 있는 부분을 오려 붙여 스토리를 만들어나가는 연습을 하기도 한다. 주제를 먼저 잡고 거기에 맞는 장면을 찾을 수도 있고, 장면을 먼저 찾고 그 그림을 보며 주제를 잡아 스토리를 이어가기도 한다. 어떤 방법도 다 좋다. 이야기를 시각적으로 표현하는 능력을 기를 수 있다. 글쓰기의 좋은 연습이 될 것이다.

에이젠슈타인의 편집기법, 서로 다른 이미지들이 배치되며 새로운 이미지가 만들어지는 몽타주 기법으로!
완성한 후 엄마나 친구와 함께 이야기를 나눠본다. 나의 의도대로 이해가 되는지, 너무 비약된 부분은 없는지도 생각해보고, 때론 컷들의 위치를 바꿈으로써 더 좋은 의미를 만들어 내기도 할 것이다.

1. 영화를 시작하다

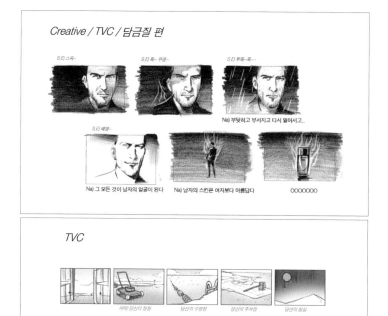

광고 스토리보드 사진

〈트래쉬〉 (TRASH. 2014)

용기 있는 행동이 무엇인지 생각하게 하는 영화

이 영화는 재밌으면서도 스릴이 넘친다. 또래 친구들이 어떻게 정의를 위해 용기를 내어 싸우는지 보여주는 걸작이다. 아이들의 눈으로 본 정의. 부패와의 싸움. 옳은 일 앞에서는 목숨마저도 아끼지 않는 아이들의 모습이 욕망으로 가득 찬 어른들을 부끄럽게 한다.

〈트래쉬〉 포스터

원작인 앤디 멀리건의 소설은 우리나라에서도 영화 상영에 맞춰 『안녕, 베할라』라는 제목으로 출판되었다. 우리나라에서는 제16회 전주 국제영화제 상영작으로 선정돼 첫선을 보이고 좋은 반응을 얻어 2015년에 개봉됐다. 스티븐 달드리 감독의 〈트래쉬〉! 온 가족이 함께 보면 좋을 영화다.

브라질 리우의 쓰레기장에서 쓰레기를 주우며 살아가는 빈곤층의 모습이 그려진다. 어찌 보면 영화에서는 인간의 삶의 계층을 세분화해 보여주는 것인지도 모른다. 빈곤층과 그 빈곤층에 붙어살

1. 영화를 시작하다

아가는 중간층, 그리고 여기 쓰레기촌에 사는 빈민층, 그리고 쓰레기촌에 사는 사람들도 가기 꺼리는 시궁창에 사는 사람들. 영화를 보는 내내 계급으로 분류되고 어느 기준 이하의 사람들은 그들의 환경에 순응하고 살아가는 모습에 가슴이 먹먹하다. 하지만 빠른 전개와 스릴 넘치는 이야기가 다시금 긴장하며 영화를 보게 한다.

14살 소년 라파엘은 어느 날 우연히 쓰레기 더미에서 지갑을 발견하게 되는데, 지갑에는 돈과 여자아이의 사진, 알 수 없는 퍼즐 카드, 열쇠가 들어있다. 부패한 정치인 밑에서 신뢰를 얻은 뒤 그 실상을 알리고자 했던 비서는 뇌물로 받은 정치자금과 뇌물자들의 명단장부를 훔쳐 달아나 아무도 찾을 수 없는 곳에 감춘다. 그리고 그 단서가 들어있는 지갑을 경찰의 추적을 피하며 잡히기 바로 직전 지나가는 쓰레기차에 던진다. 이 지갑을 쓰레기촌에서 살아가는 라파엘이 주우면서 사건에 휘말리게 된다. 지갑을 주운 라파엘은 절친 가르도와 돈을 나누고 기뻐한다. 그러는 사이 경찰이 들이닥쳐 현상금을 내걸고 지갑을 찾는다. 무언가 지갑에 중요한 단서가 있음을 직감한 두 친구는 아무도 접근하지 않는 하수구에 사는 친구 '들쥐'를 찾아가 지갑을 맡긴다. 지갑을 주우면서 우연히 복잡한 사건에 휘말리게 된 세 소년은 경찰의 추적을 피해 지갑 속 단서의 비밀을 찾아 나선다. 경찰에 잡혀가 차 트렁크 속에 갇혀 죽음의 고비를 넘기기도 하고 경찰의 총격에 쫓기기도 한다. 자신들의 행동 때문에 쓰레기촌이 불 질러져 사라지는 모습까지 보며 마음 아파하지만, 그럼에도 세 아이는 이것은 '옳은 일'이기 때문에 해야만 한다며 비밀을 찾아내는 일을 멈추지 않는다. 결국 찾아낸 곳은 그 비서의 딸아이의 묘지. 묘지 안은 아이의 시신이 아닌 검은 돈과 뇌물자들의 명단장부가 들어있다. 그리고 그 무덤 옆에 지갑 속 사진의 여자아이가 아빠를 기다리며 살아있다. 여기서도 경찰의 추적을 받지만 결국 아이들은 돈과 장부를 손에 넣고 여자아이와 함께 넷이 길을 떠난다. 그 검은 돈은 쓰레기촌에 뿌려지고, 부패한 정치인은 명단이 공개돼 소환되는 등 정의가 실현되는 모습을 볼 수 있다. 마지막 장면, 바닷가에서 해맑게 웃고 있는 아이들의 행복한 모습에 같이 웃을 수 있는 영화다.

이 영화에서 보여주는 세 아이의 용기. 그리고 우정도 눈여겨 볼 만하다. 위험한 상황에서 충분히 빠져나올 수도 있었을 텐데, 끝까지 목숨을 걸고 친구와 함께하는 모습은 감동적이다. 나에게도 이런 친구들이 있는지, 내가 그런 친구가 되어줄 수 있는지 생각해 보면 좋겠다.

영화가 전개되면서 사건을 설명하는 아이들의 인터뷰가 나온다. 그 인터뷰 장면이 인터넷에 공개되면서 세간의 관심을 받고 이슈화된다. 이 장면도 특색 있게 볼만하다. 이 영화의 세 주인공인 아이들은 실제 브라질에 살면서 우연히 영화 오디션에 응모해 영화에 데뷔하게 된다. 보석 같은 아이들의 연기는 그냥 이루어진 것이

아니라, 피나는 노력 끝에 이루어진 것으로 알려져 더욱 소중하게
여겨진다. 더불어 스티븐 달드리 감독의 〈빌리 엘리어트〉(2000)
도 함께 보면 좋을 영화로 추천한다.

〈트래쉬〉 속 장면

4. 우리나라 영화, 초기 모습이 궁금해요!

하경: 엄마 지금까지 프랑스, 미국, 영국 이런 나라들 이야기였잖아요.
이때 우리나라는 뭐하고 있었어요? 우리나라에서 영화가 언제
부터 시작됐는지 궁금해요.

엄마: 그래 좋은 질문이다. 다른 나라 역사를 보면서 그때 우리는 뭐하
고 있었는지도 생각해보고, 우리는 왜 그러지 못했는지도 생각
해보면 좋겠지.
그럼 우리나라 이야기도 잠시 해보자.
엄마 지인들과 〈청춘의 십자로〉 영화를 보러 가는데 같이 가자!

하경: 청춘의 십자로? 제목이 촌스럽고 웃기다. 지루하진 않겠죠?

엄마: 재미있을 거야. 변사가 나오거든! 찹쌀떡도 판다는 데 한번 먹
어보자!

하경: 앗! 찹쌀떡? 팝콘 콤보가 아니라? 그래도 뭔가 새로울 거 같긴
하네요;;

1. 영화를 시작하다

우리나라 초기 영화도 지금의 영화와는 기술적으로 엄청난 차이가 있지만 당시 시대를 이해하면서 보면 재미있게 볼 수 있다.

우리나라의 영화 전래 시기는 대략 1897년에서 1903년으로 본다. 1897년 소설가이며 영화감독인 심훈이 신문에 글을 쓴 것과 1901년 버튼 홈즈(Elias Burton Holmes)라는 여행가가 '고종황제 앞에서 영화를 보여주었다'라고 여행기에 기록해놓은 것으로 짐작할 수 있다. 또한, 황성신문에 '사진활동 승어생인(寫眞活動 勝於生人)- 사진활동(영화)이 살아있는 사람보다 낫다'는 기사, 그리고 1903년 6월 23일 자 황성신문에 실린 활동사진 광고 등을 통해 짐작해볼 수 있다. 조금 다른 이야기지만 이런 것들을 살펴보면서 역사공부는 참 재미있을 거 같다는 생각이 들었다. 어떤 사실에 대해 여러 자료들을 찾아서 퍼즐 맞추듯 맞춰가다 보면 역사적 사실을 발견하게 되는 그 과정이 참 멋지다는 생각도 든다. 아무튼 다시 주제로 돌아가서~.

사진만 찍어도 영혼을 빼앗긴다고 생각하던 이 시기, 특별한 내용이 있는 것도 아니었는데 사람들은 왜 영화를 봤을까? 뤼미에르의 영화를 보고 놀랍고 신기해하던 것, 바로 그 이유에서일 것이다! 사람들은 당시 놀라움, 신기함으로 영화를 맞이했던 거 같다.

이 시기는 일제 지배 시기, 일본은 식민정책, 동화정책에 영화를 이용하게 된다. 최초의 조선극영화는 〈국경〉(1923), 〈월하의 맹서〉(1923), 〈미몽〉(1936)이다. 영화의 내용을 보면 〈국경〉은

국경수비대 이야기로 내용 중 조선인을 비하해 관객의 항의가 있었다고 전해진다. 〈월하의 맹서〉는 일본 체신국 협찬으로 제작된 영화로 주인공이 방탕한 생활을 하다 어느 날 달빛 아래서 저축을 잘해야겠다고 맹세하는, 지금으로 보면 다소 황당한 내용이다. 체신국 협찬이어서 전체 내용과는 상관없이 저축이 꼭 들어가야 했던 것이다. 요즘 영화나 드라마에서의 PPL(Product Placement, 특정 기업의 협찬으로 영화나 드라마에 기업 상품을 끼워 넣는 광고)쯤으로 생각하면 될지. 〈미몽〉은 교통 영화로 전체 내용은 교통과 관련되어 있지 않지만 중간에 교통 관련 교육 장면이 들어간 계몽 영화이다.

1926년 나운규 감독의 〈아리랑〉부터 우리나라 무성영화의 전성기로 본다. 아리랑은 현재 발견되지 않았지만 영화소설을 통해 내용을 조금 알 수 있는데, 당시 몰려드는 관객들로 인해 단성사(지금의 종로3가에 있던 영화관) 문이 부숴지기도 했다는 후문이 있다. 예나 지금이나 팬심은 조금 과격한 행동을 보이기도 하는 것 같다~.

줄거리는 서울에서 대학을 다니는 최영진이 철학을 공부하다 실성해 낙향하게 되는데, 고향마을에 지주 밑에서 일을 봐주는 마름 오기호가 빚이 많은 최영진 집에 빚 대신 여동생 영희를 내놓으라 하자, 최영진이 철도변에서 그 마름을 죽이고 잡혀 끌려가는 이야기이다. 동네 사람들이 잡혀가는 주인공을 배웅하며 아리랑을 부른다는 내용.

　이 당시에는 변사와 악단이 존재한다. 아리랑을 변사가 부르고 관객이 따라 부르며 같이 울기도 했다고. 당시 영화의 내용은 변사에 따라 분위기가 달라질 수 있었는데 일본의 순사가 감시를 하면 저항적인 내용이 덜 들어가고, 순사가 자리를 비우면 민족의 저항적 내용이 강하게 들어가서 민족성을 고조했다고 한다. 변사는 무성영화 상영 중 한 장면에서 다른 장면으로 넘어갈 때 해설을 해줌으로써 극의 내용을 이해할 수 있도록 해주는 사람이다. 변사의 감정이입에 따라 영화의 감정 몰입이 달라지는 것이다. 이처럼 사람들을 울고 웃기는 변사는 당시 인기 절정의 직업이었다. 시대를 훌쩍 뛰어넘어 2013년 서울에서 변사를 경험할 수 있는 기회가 있었다. 바로 〈청춘의 십자로〉 상영이다.

〈청춘의 십자로〉(1934)에서 만나는 꿈과 끼 - 애국심

〈청춘의 십자로〉 포스터

〈청춘의 십자로〉 2013년 개봉 당시 상영관 입구

　〈청춘의 십자로〉가 서울역에서 상영된 것! 이 영화는 2007년 발굴되면서 현존하는 최고의 영화가 된다. 구 서울역 2층 전시관을 옛날 극장처럼 꾸미고, 발권하는 사람들도 한복을 입고, 옛날 찹쌀떡을 팔기도 했다. 영상이 돌아가고 옆에서 노래하고 연주하며, 그리고 영상 앞으로 실제 배우들이 나와 연기를 하기도 한다. 장면이 바뀔 때마다 변사의 해설은 그 맛을 더해간다. 이날 변사로는 탤런트 조희봉씨가 열연을 했다. 〈청춘의 십자로〉가 복원된 기념으로 상영되었지만 또 기회가 온다면 꼭 찾아보면 좋을 듯하다. 그 시대의 극장 분위기를 경험할 수 있다.

　〈청춘의 십자로〉의 줄거리는 '우직한 성품의 영복이 봉선의 집에서 데릴사위로 7년 동안 힘들게 일했지만 결국은 봉선을 주명구에게 뺏기고, 서울역에서 짐을 나르는 일을 하게 된다. 영복의 여동생 영옥은 어머니가 돌아가시자 오빠를 찾아 서울로 상경, 카

1. 영화를 시작하다

(위) 스크린 앞에서 배우가 노래하고 오른쪽 옆에서 변사가 해설
(아래) 〈청춘의 십자로〉 관람 후 하경과 나

페의 종업원이 된다. 서울에서 알게 된 계순과 여동생 영옥이 주명구, 장개철 일당에 당할 위기에 처하게 되자 영복은 그들을 찾아 응징한다. 응징하는 과정에서 관객들은 통쾌함을 경험한다. 앗, 저렇게 때려도 될까 싶을 정도로! 그리고 영복은 계순과 동생 영옥과 행복한 삶을 시작 한다'는 내용이다. 당시는 대부분 권선징악의 내용이 많았다. 악을 징벌하는 과정이 통쾌하게 그려진다.

　　이런 장면들에서 변사가 어떻게 대사를 읊고, 해설을 맛깔나게 하는지에 따라 관객들이 느끼는 감정이 달라지는 것. 그렇다면 이렇게 중요한 변사가 어느 나라에나 다 있었을까? 앞에서 외국의 영화 시작 부분에 변사에 대한 이야기는 없었는데... 변사는 미국, 유럽에는 없었고, 조선, 일본, 대만에만 존재했다고 한다. 변사는 극의 내용을 해설하는 나레이터이기도 하고, 영상에서 나오는 모든 출연자들의 목소리를 바꾸며 연기하는 연기자이기도 했다. 당시 변사의 인기는 대단했는데, 유성영화가 생기면서 설명이 필요 없어지니까 당연히 변사가 사라진 것이다. 요즘 '현재 직업 중 미래에는 사라지는 직업이 많다.' 이런 말들 많이 하는데 그 당시로 보면 변사도 사라진 직업인 것이다.
　　우리나라 고전영화를 보려면 한국영화 데이터베이스 홈페이지에 들어가면 된다.
　　www. kmdb. or. kr 에 들어가면 '한국고전영화 보러가기' 부분이 따로 마련되어 있다.

일제식민지시대 영화가 국민의 마음을 하나가 되게 하는 좋은 역할을 했다는 점을 영화를 보는 내내 생각했다. 영화를 보며 서로 울기도 하고 웃기도 하며 마음으로 하나가 되는 시간을 가졌다는 것이 얼마나 소중했을까! 여러 갈등으로 하나가 되지 못하는 요즘이 더 안타깝다는 생각도 든다. 그리고 아직도 청산되지 못하고 있는 한·일 과거사 문제가 답답하기만 하다.

무성영화여서 답답할 줄 알았는데, 오히려 영상에 있던 배우가 갑자기 튀어 나와 노래하기도 하고, 변사가 관객들 분위기 봐 가면서 해학적으로 설명하는 것이 재밌었다. 또한 무대 옆에서 즉석으로 밴드가 연주하는 모습을 볼 때 지금의 4D 못지않은 느낌이었다. 그리고 찹쌀떡도 끝내주게 맛있었다. 변사라는 직업이 참 매력적이라는 것을 새삼 알았다. 예전에 변사의 이야기에 끌려 영화관 문이 미어터졌다는 말이 실감 났다.

그리고 이 영화가 나왔던 암울한 시대를 생각하면 답답하기만 하다. 얼마 전 친구들과 위안부 문제해결을 위한 수요집회에 다녀왔다. 우리는 지나가는 사람들에게 소녀상에 대한 이야기를 전했다. 의외로 많은 분들이 관심을 갖고 들어주셨고, 외국인들의 관심도 컸다. 그날 날씨가 참 더웠는데 지나가는 아저씨께서 학생들이 수고한다며 음료수를 사주고 가셨다. 참 감사하다. 이 어른도 우리와 같은 마음이어서 그러셨던 거 같다.

하경이 만든 소녀상 설명 피켓

2

**영화를
만나다**

1. 미국 영화의 아버지는 누구에요?
그리피스(David Wark Griffith)의 〈국가의 탄생〉 (Birth of Nation, 1915)에서 만나는 꿈과 끼
– 인종주의

하경: 엄마, 초기 영화에서 뤼미에르가 다큐멘터리에 영향을 주고 마술사 멜리어스는 극영화에 영향을 주었다고 하셨죠? 다큐멘터리는 이제 어떻게 이어졌는지 조금 알 것 같아요. 그리고 의외로 재미있게 봤어요.

엄마: 재미있었다니 다행이다. 그럼 이제 극영화로 들어가 볼까? 오늘은 미국 영화의 아버지라고 불리는 '그리피스' 감독의 영화를 볼 텐데. 조금..아니 아주 많이 길어....

하경: 괜찮아요. 그동안 너무 짧은 영상들만 봐서...

엄마: 3시간이 넘는데?

하경: 헉...

엄마: 그런데 지루하지 않게 볼 수 있을 거야. 스토리가 탄탄하거든. 그리고 역사책에 나왔던 이야기들, 미국 남북전쟁. KKK단 이런 배경들이 나와 재미있을 거야.
여기서는 다양한 촬영기법들이 시도되는데, 그 장면들을 함께 유심히 보도록 하자!
영화를 다 보면 왜 그리피스를 미국 영화의 아버지라고 하는지 알게 될 거야.

2. 영화를 만나다

데이비드 그리피스 (1875~1948)

데이비드 워크 그리피스의 대표적인 작품 〈국가의 탄생〉은 런닝타임이 3시간을 넘는다. 그럼에도 당시 초등학교 5학년인 아들이 꿈쩍도 하지 않고 재미있게 영화에 집중하는 모습이 놀라웠다. 아마도 그동안 봐왔던 초기 영화와는 다르게 상상할 수 없을 만큼의 스케일로 제작되었고, 액션이 많이 들어갔기 때문일 것이다. 그리고 초등학교 고학년부터 역사와 세계사를 접하기 때문에 책에서 얼핏 읽었던 미국의 남북전쟁에 대한 내용이 나오면서 지루해하지 않고 재미있게 볼 수 있었던 것 같다. 세계 역사를 접하는 시기, 이 영화도 한 번쯤 보고 갈 것을 제안한다.

배우 겸 극작가로 활동하던 그리피스는 영화감독으로 직업을 바꾸면서 촬영의 새로운 기법을 도입한다. 초창기에는 카메라가 배우들을 크게 잡지 않았다. 그런데 영화 편집이 발달하면서 세세한 표정을 확대해 잡기도 하고, 롱샷, 미디엄 샷, 클로즈 샷을 나란히 배열하는 편집으로 장면과 장면을 연결하고 의미를 부여하기도 했다. 그는 또한 과거 회상을 묘사하는 장면을 넣는 플래시백 기법과 영상과 음향이 점점 희미해지고 작아지면서 빠지는 페이드아웃 기법도 활용하는 등 새로운 기법을 다양하게 적용했다. 당시에는 획기적인 일이었다.

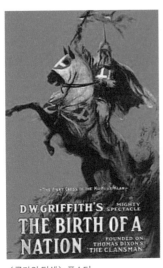
〈국가의 탄생〉 포스터

그리피스의 대표작인 〈국가의 탄생〉은 당시 엄청난 인기를 거두었지만, 개봉하기 전부터 큰 논란을 불러 일으켰다. 백인 우월주의를 내세운 미국 극우 비밀결사단 KKK(Ku Klux, Klan)를 옹호하고 인종차별적인 내용을 다뤘다는 이유에서였다. 이 영화는 인종차별주의자인 토머스 딕슨의 『더 클랜스맨』(The Clansman, 1905)을 원작으로 한다. 또한, 상업적으로도 성공을 거둔 영화다. 당시 영화 관람료는 5~10센트 정도였는데, 이 영화는 2달러를 받아도 연일 매진될 정도였다고 한다.

이 영화는 3시간이 넘는 방대한 분량으로 많은 인물들이 등장하고 복잡한 스토리가 전개되기 때문에 이해하기 쉽게 간단히 정리해볼 필요가 있다. 요즘 드라마도 인물 관계도를 그리듯이 주요 인물들을 정리하고 영화를 보면 이해가 더욱 쉬울 것이다. 주요 줄거리는 남과 북의 백인 가문 -카메론가(남)와 스톤맨가(북)- 가족들이 남북전쟁 과정에서 겪는 이야기이다. 두 가문의 정치적 대립과 갈등, 사랑 등을 역사적 사실의 바탕 하에 다룬다. 북 스톤맨가는 아버지와 두 아들, 딸 엘지가 주요 인물이다. 카메론가의 아들들이 스톤맨가에 방문해 딸 엘지에게 사랑을 느낀다. 남 카메론가는 엘지를 사랑하는 아들 벤이 주요 인물이다. 북 스톤맨가의 총애를 받아 전쟁 승리 후 주지사로 남쪽 통치를 맡게 되는 혼혈인 린치 역시 엘지의 사랑을 얻기 위해 카메론가를 없애려 한다. 이 과정에서 카메론가의 여동생이 흑인에 의해 사망하게 되면서 이에 분노한 벤이 이끄는 백인KKK와 린치가 이끄는 주정부 흑인 군대와의 전투가 시작된다. 카메론가의 아들 벤이 스톤맨가의 딸 엘지와 자신의 가족들을 구출하면서 마무리되는 내용이다. 이 장면이 그리피스의 왜곡된 역사관을 상징하는 것으로 비판받아 온 장면이다. 남북전쟁의 국가적 사안과 인종차별 논쟁, 개인의 사랑까지 다양한 주제를 광범위하게 다룬 영화다. 복잡한듯하지만 주요 인물이 파악되면 쉽게 지루하지 않게 볼 수 있는 영화다.

〈국가의 탄생〉 속 장면

(위) 영화 장면 중 KKK단 ⓒ 〈국가의 탄생〉
(아래) KKK단

2. 영화를 만나다

<국가의 탄생>은 대작으로 평가되지만 개봉 이전부터 백인 우월주의의 시각에 입각한 인종차별 논란이 계속된다. 영화를 보면 KKK단이 갈등과 문제를 해결하고 평화를 유지하게 하는 일종의 '영웅'으로 미화된다. 비단 이 영화, 이 시대에서만이 아니라 인종에 대한 차별인식이 영화 속에 은근히 배어있는 경우가 많다는 사실.

    미국에서는 총기난사사건이 커다란 사회문제로 대두되고 있다. 최근 백인 청년이 흑인 인종을 없애버리겠는 목적으로 흑인교회에 들어가 총기를 난사하는 사건(2015.6.18 미국 흑인교회 총기난사사건)이 발생해 충격을 주었다. 단지 유색인종이라는 이유로 흑인들에게 총을 쏘는 백인. 아직도 이런 인종주의가 이어진다니 참으로 슬픈 일이다. 우리에게는 혹시 그런 모습이 없는지 생각해봤으면 좋겠다. 우리도 무의식중에 우리나라에 온 다른 나라 사람, 다른 인종에 대해 무시하거나 차별을 두는 일은 없었는지.

     어! 이 영화 생각보다 재미있다. KKK단에 대해 듣기만 하다가 당시 영화로 보니 재미있었고, 굉장히 많은 사람이 동원되고 오랜 시간 동안 만들었을 거 같다는 생각이 들었다. 그리피스 감독이 미국 영화의 아버지라고 불린다고 하는데 이런 스케일의 영화라면 그 닉네임이 맞는 거 같다. 그런데 그리피스 감독이 비판받는 부분에 대해서는 조금 실망스러웠다. 영화의 아버지로 불리는 이런 거장이 KKK단을 미화하고 인종주의에 대해 왜곡된 시각을 표현했다는 비판을 받는 점은 굉장히 아쉬운 부분이다.

    이 영화는 역사적인 이야기를 배경으로 이야기가 만들어진 것도 좋았다. 우리나라 영화도 역사적인 내용을 기초로 다룬 영화가 많은데, 예를 들면 작년에 엄마랑 같이 본 <명량> 같은 영화. 그런데 이렇게 역사적인 사실 하에 만들어진 영화를 보면 어디까지가 역사적 진실이고, 어디까지가 허구인지는 조금 헷갈리기도 하다~그래서 역사를 제대로 알아야겠다고 생각했다.

〈헬프〉(The Help. 2011)

미국, 상영시간 146분, 감독: 테이트 테일러
출연: 엠마 스톤(스키터 역), 비올라 데이비스(에이블린 역),
옥타비아 스펜서(미니 잭슨 역)

〈헬프〉 포스터

그리피스의 〈국가의 탄생〉에서 백인과 흑인의 인종문제, 백인우월주의에 사로잡힌 사람들의 모습을 살펴봤다. 1915년 고전영화에 나온 이야기가 이 영화의 시대배경인 1960년대에서도 여전히 유효했다. 이 영화가 개봉된 2011년에는 어떠한가? 여전히 인종간의 갈등은 다양하게 나타나고 있다.

이런 탓에 그동안 흑인과 백인과의 갈등을 소재로 한 영화는 꾸준히 제작되어 왔다. 그런데 이 영화 〈헬프〉는 조금 다른 이야기로 풀어나간다. 여성들의 반란. 흑인 여성들의 용기 있는 행동이 세상을 바꿀 수 있음을 말해주고 있다.

흑인이 사용했던 화장실 변기에 앉으면 나쁜 병균이 옮을까? 같은 버스를 타고 다니면 무슨 일이 생기는가? 버스, 식당조차도 백인 전용, 흑인 전용으로 구분되어야 하는가? 학교에서는 흑인과

흑인 전용 화장실을
만들어야 한다고
이야기 하는 백인 여성들

용기 있게 자신의 이야기를
해줄 것을 제안하는 스키터

『The Help』 발간

© 〈헬프〉

백인 학생들의 책 교환도 금지된 소수민족 행동 강령도 나온다. 그러면서 어떻게 아이를 맡기고 살림을 맡길 수 있는가? 여러 가지로 모순이 아닐 수 없다.

이 영화에는 이런 모순에 맞서 용기 있게 세상과 맞서는 여성들이 등장한다. 흑인 가정부를 부리며 부유한 삶을 사는 것이 꿈인 또래 친구들과 달리 기자를 꿈꾸며 소신을 가지고 살아가는 백인 여성 '스키터', 그녀는 흑인 가정부들과 함께 그들의 사연을 담은 책『The Help』를 쓴다. 당시로서는 참 위험한 일이었다. 억압받는 흑인 가정부들의 이야기를 실명으로 쓸 수 없었다. 그럼에도 그들이 이야기를 담아내기까지, 그리고 흑인 여성들이 용기를 내기까지의 과정이 가슴 아프게 다가온다. 17명의 백인 아이를 키우면서 정작 자신의 아이는 죽음으로 내몰린 '에이블린'. 그녀가 중심이 돼 흑인 가정부들이 자신의 이야기를 하나 둘씩 꺼낸다. 허리케인이 온 날 집 밖에 있는 흑인전용 화장실에 갈 수 없어 집안 화장실을 썼다가 해고된 '미니'. 그리고 많은 흑인 가정부들이 그동안 그녀들이 겪어 온 수많은 인종차별에 관한 이야기들을 말하기 시작하고 그 이야기들이 책으로 나와 반향을 일으킨다.

백인 아이 스키터를 키운 흑인 가정부 '콘스탄틴'은 남자 아이들이 못생겼다고 놀려 우울해하는 스키터에게 다가가 이렇게 말한다. '마음이 미운 게 진짜 미운 거라고'.

흑인 가정부 에이블린은 자신이 돌보고 있는, 엄마에게 관심과 사랑을 받지 못하는 아이에게 늘 이런 말을 해준다. "넌 친절하고, 넌 똑똑하고, 넌 소중한 존재란다" 아마도 그 말은 에이블린이, 아니 모든 흑인 가정부, 흑인 여성들이 자신에게 해주고 싶은 말이었을지도 모르겠다.

넌 친절하고, 넌 똑똑하고, 넌 소중한 존재란다 ⓒ〈헬프〉

2. 세계에서 가장 영향력 있는 영화는?
오손웰스(Orson Welles)의 〈시민케인〉(Citizen Kane, 1941)에서 만나는 꿈과 끼 – 진정한 행복

하경: 엄마, 영화의 역사가 100년이 넘었다면서요. 그동안 수없이 많은 영화가 나왔을 텐데요. 그중에 가장 좋은 영화로 평가받는 작품이 무엇일지 궁금해요.

엄마: 우리 하경이 점점 영화에 대해 관심이 깊어 가는 것 같네. 그렇잖아도 영화 연구소 등에서 '세계에서 가장 영향력 있는 영화'를 선정해 발표한단다. 그중 오랜 시간 1위였던 영화가 있지. 바로 〈시민케인〉인데. 이 영화는 의미를 이해하는 데 조금 어려울 수 있어. 그래서 두 번 정도 보면 좋을 거 같구나.

하경: 어려워도 세계에서 가장 영향력 있는 영화라니 꼭 봐야겠네요!

엄마: 그럼. 처음엔 쭉 보고, 어떤 장면들이 기억에 남는지 이야기하고, 엄마가 설명해 주고 다시 한 번 영화를 보도록 하자. 그리고 엄마가 라디오방송을 오래 해서인지 감독 오손 웰스가 라디오 출신이라는 게 참 반갑단다.

오손웰스 (1915~1985)

영화 〈시민케인〉은 조금 이해하기 어려운 영화일지 모르나, 흐름을 잘 파악하며, 감독의 다양한 촬영기법을 읽어가며 영화를 보면 재미있다. 이 영화는 '시민케인에서 본 것'을 주제로 하루 수업을 진행할 만큼 이야깃거리가 많은 작품이다. 지금은 어렵게 느껴지더라도 이 영화는 꼭 볼 것을 권한다. 지금부터 시민케인의 '로즈버드(Rosebud)'의 의미를 찾아가 보자!

영화를 이야기하기 전, 먼저 감독에 대해 살펴보자. 오손웰스는 미디어의 위력을 이야기하며 거론되는 인물이기도 하다. 미디어의 영향이 얼마나 큰가를 여실히 보여주었는데, 오손웰스가 각색한 라디오 드라마 〈우주 전쟁〉의 긴급속보 부분을 듣고 시민들이 대피하는 소동이 일었다. 드라마 중간중간 이것은 드라마임을 고지했음에도 불구하고 프로그램이 너무나 실감이 나서 사람

〈시민케인〉 포스터

들이 진짜 우주 전쟁으로 착각할 정도였다고 한다. 오손웰스는 실력을 인정받아 좋은 조건으로 헐리우드 입성을 제안 받는데, 당시 나이 23세였다. 그러나 그의 천재성에 비해 삶은 평탄하지는 않았다. 후세에 대대로 대작으로 꼽히는 〈시민케인〉을 첫 영화로 만들었으나, 스토리가 실제 신문재벌인 윌리엄 랜돌프 허스트 (William Randolph Hearst, 1863~1951)를 모델로 했다는 점에서 모든 기사, 비평에서 악평을 받는 신세가 된다. 흥행실패, 제작비 손해, 이어지는 영화도 흥행 실패가 반복되자 유럽으로 건너가 배우의 길을 걷게 된다. 그러나 감독의 꿈을 버리지 않고 말년에 계속해서 작품을 만들게 된다.

라디오 드라마 〈우주 전쟁〉 방송 사진과 당시 신문기사

영국영화연구소(British Film Institute)는 10년마다 세계 영화 전문가들을 대상으로 설문 조사를 실시한다. BFI가 발간하는 영화 전문지 '사이트 앤 사운드(sight & sound)'를 통해 세계에서 가장 영향력 있는 영화의 순위를 정하는데, 오랜 시간 1위의 자리를 놓치지 않았던 영화가 바로 오손웰스의 〈시민케인〉이다.

〈시민케인〉의 내용은 다음과 같다. 언론계 유명인사이며 제너두의 소유주인 찰스 포스터 케인이 '로즈버드'라는 말을 수수께끼처럼 남기고 죽는다. (주인공 찰스 케인 역에 오손웰스가 직접 열연) 톰슨 기자는 '로즈버드'에 숨겨진 의미를 찾기 위해 케인의 생전 주변 인물들을 하나씩 만나기 시작한다. 영화는 톰슨기자가 주변인들을 만나 이야기하는 과정을 케인의 어린 시절, 성공, 결혼, 정치 등 삶의 변화 과정으로 보여준다. 톰슨기자는 끝내 로즈버드의 의미를 알아내지 못하지만, 영화는 관객들에게 로즈버드의 의미를 보여준다. 마지막 장면, 그의 유품을 불에 태우는 장면에서 '로즈버드'라고 쓰여 있는, 그가 어린 시절 부모를 떠나기 전 타고 놀았던 썰매가 불에 타는 장면이 비춰진다. 거부 케인이 죽으면서 남긴 '로즈버드'의 의미는 파란만장한 삶 속에서 늘 어린 시절 순수한 가치를 그리워했음을 보여주는 것이다. 모든 것을 가진 최고 권력자의 최후의 한마디가 바로 어린 시절의 순수함의 상징인 '로즈버드'였던 것이다.

로즈버드라고 쓰여 있는 썰매가 불타는 장면 ⓒ 〈시민케인〉

오손웰스의 〈시민케인〉은 다양한 촬영기법이 시도된 것으로 유명하다. 영화를 공부하는 사람들이 이 영화를 보면서 촬영기법을 공부할 정도로 이 영화에서 사용된 촬영기법은 획기적이다. 여러분들이 잘 아는 감독, 스티븐 스필버그 감독도 〈레이더스〉라는 영화에서 시민케인의 장면을 빌리게 된다. '무성영화에 국가의 탄생이 있다면, 흑백유성영화에는 시민케인이 있다.'고 표현할 정도로 모든 테크닉이 다 들어간 영화로 평을 받기도 했다.

이 영화는 아들과 2번을 봤다. 앞에서 이야기했던 것처럼 먼저 영화를 한 번 보고, 여러 기법들에 대해 이야기 한 후 그 기법들이 사용된 장면들을 눈여겨보며 영화를 다시 한번 본다. 여러분도 이제 촬영기법에 관한 중요한 용어들을 이해하고 그 기법이 적용된 장면들이 어떤 부분인지 확인하며 영화를 보게 된다면 영화를 더 깊이 이해할 수 있을 것이다. 여기서는 중요한 몇 가지 용어와 장면, 그리고 꼭 이해하고 보았으면 하는 장면들을 열거해보겠다.

- **딥 포커스** : 시민케인을 이야기 하면서 가장 많이 거론되는 용어일 것이다.

딥 포커스는 카메라가 잡는 화면이 가까이 있는 것부터 멀리 떨어져 있는 것까지 모두 초점이 맞아 모두가 다 화면에 선명하게 나타나도록 촬영하는 기법이다. 오손웰스는 이 기법이 우리가 직접 눈으로 보는 체험과 가장 비슷하다고 생각했다. 그리고 이렇게 말한다. '사람은 다 각자 눈이 있기 때문에 각자 한 장면에서 보고 싶은 것을 보면 된다. 감독인 내가 무엇을 보라고 강요하고 싶지 않다'라고. 시민케인에서 이 장면을 가장 확실하게 알 수 있는 부분은 어린 케인을 입양보내기 위해 부모가 계약서에 사인하는 장면이다. 실내에서 부모가 사인하는 장면 그리고 창밖에서는 어린 케인이 눈싸움을 하며 놀고 있는 장면 모두가 뚜렷하게 잡힌다.

- **새로운 촬영기법 실험** : 카메라 위치, 조명, 마이크 설치, 거울활용 등 다양하다

신문사가 처음 등장하는 장면에 어느 누가보아도 천장이 낮게 보인다. 천장이 화면의 반 정도 잡힐 정도로 카메라를 낮게 배치한 것인데 이러한 촬영기법이 처음 실험된다. 오손웰스는 이 장

딥포커스 적용된 장면 ⓒ 〈시민케인〉

로우 앵글로 촬영 ⓒ 〈시민케인〉　거울로 심리적 상태 표현한 장면 ⓒ 〈시민케인〉

면을 찍기 위해 바닥을 파서 카메라를 설치했다. 이러한 여러 촬영기법을 실험함으로써 그 의미를 극대화한다. 낮은 천장의 의미는 무엇일까? 생각해보자. 모든 것을 가진 케인이지만 낮은 천장의 한계처럼 어떤 한계가 그어진 것은 아닐지. 거울을 통해 확대되는 케인의 모습은 고독, 슬픔을 표현한 것은 아닐지... 〈시민케인〉은 영화를 여러 번 보며 한 장면 한 장면 담긴 의미를 되씹어 보는 것도 좋은 방법이다.

- **몽타주** : 여러 컷들이 교차 편집되면서 새로운 의미를 나타내는 기법으로 이미 앞의 그리피스나 에이젠슈타인 편에서 설명한 바 있다. 여기서는 첫 부인과의 아침식사 장면이 인상적이다. 가까이 앉아 있다가 점점 멀리 떨어져 앉아 있는 모습의 조각퍼즐 그림이 둘 사이의 관계가 점점 멀어짐을 나타내주고 있다.

- **미장센** : '어디어디에 두다'라는 의미로 몽타주가 편집을 통해 의미를 표현한다면, 미장센은 무대장치 등 미리 연출해놓은 것들을 통해 의미를 더하게 된다. 방에 걸린 액자 하나가 큰 의미를 부여하기도 한다. 때로는 배우의 옷차림으로도 표현될 수도 있다. 우리나라의 경우, 영구를 표현할 때 옷을 영구처럼 입히는 것, 한쪽을 짧게 우스꽝스럽게 입는 것조차도 일종의 미장센이다. 여기에서도 여러 가지 장면들이 미장센으로 표현된다. 예를 들면, 썰매에 눈이 쌓이는 것으로 시간의 흐름을 표현했다. 벽난로가 등

장하는 장면을 주목해보자. 벽난로의 활활 타오르는 불꽃은 충성을 의미하며, 로랜드와의 사이에서 꺼져가는 불꽃은 우정이 깨짐을 의미한다.

- 이밖에도 3각 구도를 많이 잡는 것을 볼 수 있는데, 사람들의 시선이 주인공을 향함을 볼 수 있다.

- 〈시민케인〉은 종합선물세트 같다고 표현하기도 하는데, 딥포커스 등의 다양한 촬영기법뿐만 아니라 중간에 뮤지컬 장면도 나온다. 이 장면에서 관중이나 동상은 자세히 보면 미니어처로 처리했다. 그리고 그림자놀이까지 등장하기도 해 '종합선물세트 같다'라고 표현하기도 한다. 영화를 보며 이런 부분들을 찾아보는 재미가 있을 것이다. 이 영화에는 건물의 전경이 많이 나오는데, 실제 건물이 아닌 주로 그림인 경우가 많다. 저예산, 특수효과를 사용한 부분이다.

- 오손웰스가 영화에 입문하기 전, 이미 라디오에서 유명했다는 사실을 기억한다면 이 부분도 눈여겨 볼만하다. 연설 장면이 나오는데, 연설에서의 박수소리는 라디오 제작할 때 사용했던 박수소리를 차용했다는 점이다. 이 장면은 사실 10명도 안 되는 배우를 쓰고 나머지는 미니어처로 그리고 음향으로 대단위 연설 장면을 만들어 냈다. 오손웰스가 라디오에서 이미 빛을 발했던 것을 안

다면 이 부분도 꼭 확인해볼 것! 케인이 기사를 쓰고 있는데 로랜드가 옆에 서 있는 장면은 합성한 부분이다. 이러한 편집도 사실은 라디오 편집기법에서 차용한 것으로 오손웰스가 라디오 출신이라는 점을 알면 재미있는 부분이다.

　〈시민케인〉은 영화 역사상 가장 위대한 작품으로 꼽히는 중요한 작품이기 때문에 장면 하나라도 의미를 두고 감상할 것을 바라는 마음에 조금은 자세하고 긴 설명을 달았다. 위의 내용들을 생각하면서 다시 한번 감상해보자.

연설 장면

케인과 로랜드가
편집으로 합성된 장면

ⓒ 〈시민케인〉

영화 시민케인은 타락한 재벌의 삶, 돈, 권력에의 욕망이 인생의 끝자락에서 얼마나 허망한 것인지를 보여준다. 시민케인을 보며 상징적 의미의 '로즈버드', 즉 진정한 행복이 무엇인가? 인생에 있어 진정으로 소중한 것이 무엇인지를 생각해봤으면 한다. 사람은 누구에게나 시민케인에서 보여주는 로즈버드가 있다. 그런데 어리석게도 인간은 살아가면서 그 소중함을 깨닫지 못하고 케인처럼 죽음의 끝자락에서 뒤늦게 깨닫는 경우가 많다. 그래서 나만의 로즈버드가 무엇인지를 깨닫고 그것을 잊지 않고 살아간다면 참 감사한 삶일 것이다. 진로를 찾아가는 데 있어서도 돈 많이 벌고 유명하고 안정적인 직업을 찾기 보다는 그 일을 하며 내가 행복할 수 있는 것이 무엇인지 고민해 나가길 바란다.

이 영화는 죽기 전에 꼭 봐야할 영화라고 하던데, 정말 그런 거 같다. 감독 겸 배우인 오손 웰스는 정말 천재 같다. 어떻게 영화 하나에 이렇게 다양한 기법을 실험했는지도 그렇고, 스토리도 탄탄하다는 생각이 들었다. 장면 하나하나를 의미 있게 봤다. 아마 오손 웰스 자신이 이 일을 좋아했고, 이 일을 하면서 행복했기 때문이 아닐지도 생각했다. 영화가 던져주는 진정한 행복, 그리고 나만의 로즈버드는 무엇일까?

우리는 너무 큰 것만 바라보고 모두가 좋아하는 것들만 쫓아가지 않나 하는 생각이 들었다. 요즘 '소확행' 이라는 말이 유행이다. '소소하지만 확실한 행복' 여기에 또 '무확행'도 있다. '무모하지만 확실한 행복'. 소소하지만 내 삶에 행복을 주는 것을 찾고, 그게 무모할 수 있는 것이더라도 도전해야겠다는 생각을 한다. 지금부터 나만의 로즈버드를 찾아가고 생각해나가면 나는 재벌 케인보다도 훨씬 행복할 수 있겠다는 생각이 든다.

학교에서 매학기 진로를 찾는 특별한 수업들을 한다. 그런데 아직 진로가 무엇이고, 원하는 직업이 무엇이고, 꿈이 무엇인지 잘 모르겠다. 솔직히 진로, 직업 의미도 헷갈린다. 지금은 그냥 영화에서 본 것처럼 나만의 로즈버드를 찾아봐야겠다.

3. 영화의 거장 1
영화의 거장 히치콕(Alfred Hitchcock)과 만나는 꿈과 끼 - 도전

하경: 〈국가의 탄생〉을 보면 그리피스가 위대하고, 〈시민케인〉을 보면 오손 웰스가 천재 같고, 아.... 저도 영화 좀 봤다고 자부했는데, 어떤 감독을 좋아한다고 해야 할지 모르겠어요. 다 특색이 있다 보니, 누굴 좋아하는지 헷갈려요. 엄마는 어떤 영화 감독을 좋아해요?

엄마: 하경이가 말한 대로 그리피스나 오손웰스도 대단하지만 또 한 사람을 꼽자면 히치콕이라고 생각해. 히치콕의 영화를 보면 감탄이 나오거든. 어떻게 저런 생각을 했을까? 어떻게 저렇게 표현했을까 하면서 말이야. 히치콕을 영화의 거장이라고 하는 말이 실감나는 순간이기도 하지.

하경: 오~ 영화의 거장! 히치콕은 들어보긴 했는데 어렵지는 않아요?

엄마: 정신분석학적으로 해석해야하는 부분도 있지만, 이해하고 영화를 본다면 별 문제 없을 거야! 히치콕의 영화를 보면 심리학 공부도 해보고 싶어질 걸~

히치콕(Alfred Hitchcock, 1899~1980)

　어떤 분야에서 뛰어난 인물을 우리는 거장이라 부른다. 히치콕은 '히치콕스럽다' '히치콕 스타일'이라는 말이 붙을 정도로 영화계에서는 전설적인 인물이다. '영화의 거장'이라는 말에서 보여 주듯, 히치콕은 영화감독들이 가장 닮고 싶어 하는 인물이기도 하다. 후배 감독들의 영화에서 히치콕 오마주 장면들이 많은 것은 당연한 일인지도 모른다. "나는 주제에 대해 별 관심이 없다. 다만 관객들로 하여금 비명을 지르도록 만드는 데에만 관심을 가질 뿐이다." 히치콕의 이 말은 그가 스릴러의 거장임을 여실히 증명하고 있다. 관객들이 비명을 지르도록 화면 구성을, 카메라를 어떤 시점으로 끌고 가는지 살피며 영화를 감상해보자.

　히치콕 영화 중 가장 유명한 몇 편을 소개한다. 히치콕이 어려울 수도 있겠지만, 여기서 이야기하는 부분들을 이해하고 감상한다면, 거장의 영화를 아주 재미있게 감상할 수 있을 것이다.

히치콕의 영화에는 정신분석학적 의미로 해석해야 하는 부분이 많다. 그의 부모는 작은 잘못도 용납하지 않을 만큼 엄격하게 그를 키웠다. 유명한 일화가 있다. 어느 날, 히치콕이 사소한 잘못을 하자, 아버지는 경찰과 짜고 히치콕을 유치장에 갇혀 있게 했다. 그의 어머니 역시 아버지와 다르지 않았다. 사이코에서의 노먼 베이츠 캐릭터가 자신의 엄마를 생각하며 만들었다는 것만으로도 상상이 된다. 그런 환경 속에서 자란 히치콕의 강박증은 자연히 작품 속에도 나타났다.

히치콕은 런던대학교에서 그림을 전공한 후 영화사에서 무대디자인, 자막 등 여러 부서를 거치며 다양한 기술을 익히게 된다. 영국에서 15년 동안 수많은 히트작을 제작한 후 할리우드로 입성한다. 아카데미상은 수상하지 못했으나 1979년 미국영화연구소가 주는 평생공로상을 수상하게 된다.

이제 구체적으로 중요 작품을 살펴보자. 〈사이코〉(1960)는 관람불가 등급이지만 유명한 작품이어서 소개한다. 히치콕이 사이코를 만들게 되는 이야기를 다룬 영화 〈히치콕〉(2012)은 12세 관람가이니 봐두면 좋겠다. 그리고 이 외에 앞에서 만난 오손웰스, 히치콕 등 영화의 거장들의 어린 시절을 다룬 영화 〈거장들의 어린 시절〉(2007)도 있다.

또한, 그를 흠모하는 프랑스 영화감독 프랑수아 트뤼포 (Truffaut, 1932~1984)가 히치콕과의 영화에 대한 인터뷰를 담은 책

『히치콕과의 대화』(영화를 공부하는 사람들에게는 필수 책처럼 여겨진다) 그리고 그 인터뷰를 담은 다큐멘터리 〈히치콕-트뤼포〉(2015)도 좋은 자료가 될 수 있다.

- 〈사이코〉(Psycho, 1960)

히치콕은 우리가 앞에서 살펴 본 '에이젠슈타인'의 몽타주 이론을 접하고 발전시킨다. 사이코에서의 몽타주는 정말 최고다. 가장 유명한 장면으로 거론되는 '샤워실 살해 장면'을 생각해본다. 직접적인 살해 장면이 보여 지는 것은 아니지만 여러 컷들의 조합으로 그 이상의 끔찍한 장면을 우리는 상상해낼 수 있다. 칼을 든 손의 그림자. 겁에 질린 클로즈업 된 여자의 얼굴, 샤워기에서 나오는 물, 피와 물이 뒤엉켜 흐르는 욕조 등 이러한 여러 장면이 살해 현장을 상상할 수 있게 한다. 이 장면은 앞에서 이야기했듯이 이후 여러 영화에서 오마주 된다.

히치콕의 영화를 보면서 시선을 따라가 보는 것도 재미있다. 히치콕은 주인공의 얼굴을 크게 잡고, 다음 화면으로 주인공이 바라보는 장면을 보여준다. 그리고 그때부터 관객들도 나도 모르게 주인공의 시선으로 주인공이 바라보는 장면을 따라가며 보게 된다. 사이코에서 마리온이 차를 타고 도망가다 경찰과 만나는 장면들을 유심히 보자.

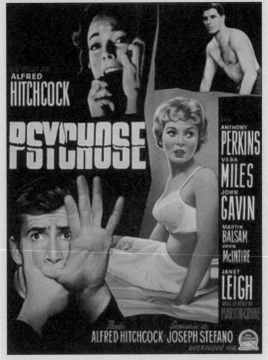

(위) 유명한 샤워실 살해 장면 ⓒ 〈사이코〉
(아래) 〈사이코〉 포스터

사이코는 또한, 정신분석학적 분석들이 계속되어 왔다. 마리온을 살해하는 이중인격의 노먼 베이츠. 그와 어머니(이미 죽은)와의 관계에서 오이디프스 콤플렉스가 거론되기도 하고, 마리온을 벽의 구멍으로 옆방에서 훔쳐보는 관음증도 거론된다. 관음증에 대한 이야기는 이후 다뤄질 〈이창〉에서 절정을 이룬다. 또한, 노먼이 사는 집의 구조를 보면 죽은 어머니가 있는 2층, 노먼이 사는 1층, 지하창고 3부분으로 나눠진다. 이 세 부분은 여러분들이 도덕시간에 배웠을 프로이트의 심리학 이드-에고-슈퍼에고로 분석되기도 한다. 히치콕의 영화에서는 사이코뿐만 아니라 대부분의 영화에서 이러한 정신분석학적 분석들을 가능하게 한다. 이러한 분석을 염두해 영화를 감상하면 히치콕의 영화가 훨씬 더 이해하기 쉬울 것이다.

또한, 히치콕은 **맥거핀(Macgaffin)**을 자주 사용하는 것으로도 유명하다. 영화 사이코에서도 물론 맥거핀 장치를 사용한다. 맥거핀이란 아무 것도 아닌 것이 화면에 자주 등장함으로써 사건의 단서를 지닌 것으로 오해하게 만드는 기법이다. 앞부분에서 마리온이 돈다발을 훔쳐 도망가는 장면이 나온다. 차를 몰고 가는 과정에서 경찰을 만나기도 하고, 급기야 밤에 묵은 호텔에서 살해당하기 전까지 관객들은 그 돈다발을 중요하게 생각하게 된다. 그 돈다발이 들키지나 않을지 함께 염려하게 되고 그 돈다발 때문에 살해를 당한 것이라 생각하게 된다. 그러나 처음 이야기를 이끌어 가던 돈다발은 거기서 끝이다. 마리온을 살해한 노먼 베이츠는 돈다발을 찾아내지 않는다. 관객들이 중요하게 생각하고 사건의 단서가 될 것으로 생각했던 돈다발, 그러나 결국은 별 의미가 없었던 그 돈다발이 영화 사이코에서의 맥거핀이다. 앞으로 히치콕 영화를 보면서 어떤 맥거핀을 사용했는지 찾아보며 영화를 감상하자.

영화 〈히치콕〉(2012)에서는 히치콕이 영화 〈사이코〉를 만들게 된 이야기를 다룬다. 46편의 작품을 만든 영화의 거장이 60세에 침체기를 극복하기 위해 도전하는 장면이 흥미롭다. 사이코를 만들 당시 제작사는 투자를 거부하고, 주변 사람들도 새로운 도전에 의구심을 품는다. 유명한 샤워신 하나를 만드는데 있어서도 여러 가지 여건과 싸워야 했다. 당시 영화 심의는 칼로 살해하는 장면, 누드신은 물론이고 변기가 등장해서도 안된다. 여러 악조건 속에서 히치콕은 영화 〈사이코〉를 만들어내고 세계 최고의 서스펜스의 거장으로 이름을 남긴다. 히치콕의 영화를 보기 전 영화 〈히치콕〉도 꼭 감상하길 바란다.

- 〈현기증〉(Vertigo, 1958)
오손 웰스의 〈시민케인〉을 설명하면서 영국영화연구소(BFI)가 발간하는 영화전문지 '사이트 앤 사운드'가 10년마다 역대 최고의 영화를 선정한다고 이야기했다. 그 대부분이 시민케인이었다고. 그런데 2012년 그 순위가 뒤바뀌는 일이 발생했다. 〈시민케인〉이 50년 동안 누려온 '역대 최고의 영화' 타이틀이 히치콕

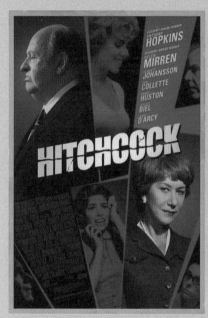

〈히치콕〉 포스터

〈현기증〉 포스터

의 〈현기증〉에게 넘어간 것이다. 사이트 앤 사운드는 당시 846 명의 영화평론가와 감독, 시나리오 작가들을 대상으로 설문조사를 실시했고, 34표차로 〈현기증〉이 〈시민케인〉을 제치고 역대 최고의 영화로 선정됐다고 밝혔다. 이 기사 발표와 함께 〈현기증〉을 아들과 함께 보게 되었고, 다시금 여주인공 킴노박의 매력에 빠져들게 되었다. 히치콕의 영화 〈현기증〉은 우리나라의 유명한 감독인 박찬욱 감독이 영화감독이 되기로 결심하는 계기가 된 영화로도 알려졌다.

〈현기증〉의 내용을 요약하면, 경찰관 '스카티'는 추격 중에 동료 형사가 떨어져 죽는 것을 목격하고 이후 높은 곳에 올라가면 현기증을 느끼는 심각한 고소공포증에 시달린다. 결국 경찰을 그만두고 사립탐정을 하게 된다. 그러던 어느 날 친구로부터 일정시간 사라지는 자신의 부인 '메들린'을 미행할 것을 부탁받는다. 스카티는 그녀의 행적을 쫓다 그녀를 구하게 되고 사랑에 빠지게 된다. 그러나 수녀원의 높은 종탑으로 올라가는 그녀를 고소공포증으로 미처 따라잡지 못하다가 그녀가 추락하는 것을 보게 된다. 사랑하는 여인을 구하지 못한 것에 괴로워하는 스카티. 시간이 흐르고 스카티는 메들린과 너무나 비슷한 여인을 길에서 마주치게 된다. 그녀의 이름은 '주디'. 스카티는 주디에게서 메들린에 대한 환상을 보며 혼란을 느끼면서도 그녀를 옷과 헤어스타일을 바꾸게 하고 메들린처럼 만들려한다. 결국 메들린이 주디인 사실을 알게

〈현기증〉 포스터

되는 데, 이는 부인을 살해하고 죽은 것으로 위장하기 위해 꾸민 친구의 계획이었다. 스카티는 주디의 고백을 받기위해 강제로 그녀를 수녀원 종탑으로 끌고 올라가는데 결국 주디가 실제로 떨어져 죽게 된다.

(왼) 여주인공 킴 노박(Kim Novak, 1933~) (오) 수녀원 종탑에 오르는 장면 ⓒ 〈현기증〉

히치콕은 본인 자신이 카메오로 출연하는 것으로도 유명하다. **카메오(Cameo)**란 영화 속에 유명인이 잠깐 출연하는 것으로 최근에는 영화뿐 아니라 드라마에서도 자주 등장한다. 히치콕의 영화에서는 카메오 히치콕을 찾는 재미가 있다. 상점에서 개 두 마리를 끌고 나오는 신사의 역할, 음악가의 조수로 등장하기도 하고, 주인공 옆에 앉아 있기도 하고, 심지어는 배우가 읽고 있는 신문 지면에 히치콕의 모습이 나오기도 한다. 한국영화 〈수상한 그녀〉에서도 박인환 할아버지가 젊어진 모습으로 오토바이를 타고 등장하는 마지막 모습에 카메오로 김수현이 출연해 "후달려?"라는 대사를 하며 웃음을 줬다.

2. 영화를 만나다

영화 장면 속에서 카메오로 나오는 히치콕
(위) ⓒ 〈새〉
(중간) ⓒ 〈이창〉
(아래) ⓒ 〈구명보트〉

- 〈새〉(The Birds, 1963)

〈새〉는 새를 이용해 공포감을 극대화한 영화다. 이 영화를 본 사람들은 당분간 새가 싫어질지도 모른다.

영화는 샌프란시스코의 부유한 여성 '멜라니'가 애완용 새를 파는 상점에서 변호사 '미치'를 만나는 장면으로 시작된다. 멜라니는 미치의 여동생에게 선물할 새 한 쌍을 들고 가다가 보데가 항구 보트 안에서 새의 공격을 받는다. 급기야 미치의 집에 도착한 후에도 새떼들의 공격은 계속된다. 영화는 엄청난 새떼의 공격에 대해 아무런 정보를 주지 않은 채 계속된다.

미치의 집에는 여동생과 어머니가 등장하는데, 여기서 정신분석학적 해설이 가능해진다. 세계적인 석학 (철학자, 정신분석학자) 슬라보예 지젝(Slavoj zizek, 1949~)의 유명한 '기묘한 영화강의'가 있다. 지젝은 새들의 공격이 아들의 여인에 대한 질투라고 표현한다. 즉 성적 결합을 방해하려는 어머니의 모성애적 슈퍼에고를 강조하는 것이다.

앞에서 본 영화 사이코에서도 오이디푸스 콤플렉스와 작품 배경이 되는 모텔의 구조로 프로이트의 심리학 이드-에고-슈퍼에고를 짐작할 수 있는 것과 마찬가지다.

또한 불타는 마을을 멀리 하늘에서 내려다보는 시점, 그 곳을 내려다보는 날고 있는 새들. 이 장면의 시점은 누구의 시점인 것인가? 히치콕의 영화에는 이처럼 위에서 내려다보는 전지적 시점의 장면들도 자주 등장한다. 이런 점들을 생각하며 시각적인 장면 하

〈새〉 포스터

새들의 공격 장면
ⓒ 〈새〉

나하나를 집중해보자.

이 영화가 개봉될 당시 평론가들의 평은 그리 좋지 못했고, 흥행에도 실패한다. 그러나 우리가 여기서 눈여겨봐야 할 것은 새떼들의 공격 씬-실제 새와 기계 새를 편집을 통해- 특수효과를 사용한 부분과 음향효과에 대한 부분이다. 이 영화는 영화음악이 별도로 없이 새소리의 음향효과만으로 영화의 분위기를 이끌어 간다. 영화 〈새〉는 장면을 보며 음향효과에 귀 기울여 볼 것을 제안한다. 새들의 공격. 새 소리 음향으로 긴장감을 고조해가는 분위기. 공포를 자아낸다. 이런 장면을 패러디한 광고도 최근 등장했다. 모자동차 회사에서 새들의 공격 장면을 모티브로 드론이 인간을 공격하는 장면을 넣어 광고를 제작하기도 했다.

음향효과에 귀 기울이며 볼 장면 ⓒ 〈새〉

- 〈이창〉(Rear Window, 1954)

〈새〉, 〈현기증〉, 〈이창〉을 보며 아들이 히치콕 영화의 매력에 빠져들었다. 그럴 줄 알았다. 여러분도 이 3편 정도를 보게 되면 히치콕이 추구하는 영상기법, 시선의 움직임, 새로운 시도들에 대해 조금씩 이해하게 될 것이다.

〈이창〉은 인간의 관음증, 훔쳐보기를 보여주는 대표적 작품이다. 사이코에서 남자가 벽의 구멍을 통해 여자의 방을 엿보았던 장면, 이번에는 창을 통한 엿보기다.

〈이창〉 포스터   카메라렌즈를 통해 엿보는 주인공 제프 ⓒ 〈이창〉

사진작가 '제프'는 촬영 도중 다리부상을 입고 당분간 밖에 나갈 수 없다. 사진기 현미경을 통해 앞 건물의 여러 사람들의 삶을 엿보기 시작한다. 무용 연습을 하는 여자 무용수, 신혼부부 등 평범한 이웃들을 관찰하며 무료한 시간을 보낸다. 그러던 중 우연히 한 부부의 싸움을 목격하게 된다. 큰 가방을 들고 나가는 남편, 그리고 그 이후 모습이 보이지 않는 아내, 이 상황을 보고 제프는 살인을 직감한다. 제프는 여자친구와 간호사에게 이 사실을 알리고 함께 살인 사건을 파헤쳐보려고 한다. 앞집 남자는 제프가 자신을 감시함을 알아채고 제프의 집을 공격하게 되고, 격렬한 싸움 끝에 그 남자는 경찰에 체포된다.

여기서 역시 맥거핀이 사용되는데, 강아지가 화단을 파헤치는 장면이 등장하고, 그 남자는 화단을 파헤치는 강아지에게 화를 낸다. 이를 보는 관객들은 화단에 분명 그 아내의 시신이 있을 거라 생각하지만, 영화에서 그 내용은 나오지 않는다. 〈이창〉에서의 맥거핀은 강아지가 파헤치는 화단이다. 그리고 역시 히치콕이 카메오로 등장한다. 앞집 작곡가의 조수역할이다. 영화에서 확인해볼 것!

영화 〈이창〉에서 가장 많이 분석되는 내용은 역시 인간의 '엿보기 심리'이다. 관음증, 훔쳐보는 행동에 대한 윤리적인 질문들을 해본다. 단순한 시각적 쾌락을 위한 관음적 행위를 넘어 이 영화에서는 엿봄으로써 살인 장면을 잡아내기도 한다.

다른 사람을 훔쳐보는 행위는 이 시대에는 더 쉬워진 듯하다. 사이버 세상에서 다른 사람들의 일상을 엿보는 행동들은 너무 흔해진 일이다. 최근 우리사회에서도 몰래카메라 문제로 골머리를 앓고 있다. 온라인상에서나 오프라인 상에서나 엿보기는 심각한

다리를 다쳐 무료한 시간을 보내는 제프는 카메라로 앞
건물을 엿본다. ⓒ 〈이창〉

피해를 불러일으킬 수 있음을 명심하고 이러한 비윤리적인 행동을 삼가야 할 것이다.

　히치콕의 영화 4편을 소개했다. 영화를 보면서 히치콕의 '시각적 표현방식'에 집중해 볼 것을 다시 강조한다. 무성영화시대 이미지에 집중할 수밖에 없었던 그 방식을 히치콕은 순수영화라고 생각했고, 그 무성영화에서의 이미지를 자신의 영화에서도 강조했다. 히치콕의 영화에서는 도시 자체가, 아니 때론 건물이, 장면에 등장하는 그림 하나하나가 관객과 대화한다. 프랑수아 트뤼포 (프랑스 감독, 대표작 400번의 구타)는 1962년부터 히치콕과 영화에 대해 대화를 나누고 그 인터뷰를 내용으로 책『히치콕과의 대화』 (1966)를 낸다. 이 책으로 히치콕이 재평가 받을 수 있는 계기가 되기도 한다. 그 내용이 다큐멘터리로 다뤄진다. 바로 〈히치콕-트뤼포〉(2015)다. 이 다큐멘터리에는 히치콕과 트뤼포의 인터뷰 내용뿐만 아니라 그들의 영향을 받은 유명 감독들이 출연해 히치콕을 말한다. 그중 우리가 앞에서 봤던 영화 〈휴고〉의 감독 마틴 스콜세지 감독이 이런 말을 한다. '요즘 관객들은 아주 소란한 영화에 길들여져 있다'고. 히치콕 영화의 시각적 이미지를 강조하는 말이다. 이런 점이 요즘 영화와 다른 고전영화에서 느끼는 매력일 것이다. 그 매력을 함께 느껴보길 바란다. 히치콕 영화를 더 접하고 싶다면, 아들과 함께 재미있게 본 〈구명보트〉(1944), 〈북북서로 진로를 돌려라〉(1959) 등도 권해 본다.

〈히치콕-트뤼포〉 포스터

상식으로 알아두자. 피핑 톰(Peeping Tom)

흔히 엿보기 좋아하는 사람을 피핑 톰(Peeping Tom) 이라고 부른다. 이 말은 어디에서 유래된 것일까? 11세기 초 영국의 봉건영주 '레오프릭' 백작은 주민들에게 너무나 많은 세금을 부과한다. 이에 백성들은 세금을 낮춰달라고 요구하지만 들어줄리 만무하다. 이러한 백성들의 아픔을 전해들은 영주의 부인 '고다이버'(Godiva)는 백성들의 편에 서 남편에게 세금을 줄여줄 것을 요청하지만 거절당한다. 영주는 부인 고다이버에게 '당신이 알몸으로 성을 돌면 세금을 내려줄지 몰라도…'라며 거절의 의미를 강하게 내비친다. 그런데 말도 안 되는 일이 벌어진다. 영주 부인 고다이버가 실제로 알몸으로 말을 타고 성안을 돌기 시작한다. 그리고 백성들이 그 시간에는 집에 들어가 문을 잠그고 창문도 가리고 보지 말아줄 것을 요청한다. 당연히 백성들은 자신들을 위한 그 요청에 적극 따르게 된다. 그러나 꼭 이런 사람이 있는 법! 고다이버의 알몸을 몰래 집에서 엿본 사람. 그 사람이 바로 Tom이었다. 이 일로 영주는 세금을 내리게 되고, 톰은 눈이 멀었다는 소문이 전해진다. 이 사건을 계기로 누군가를 몰래 엿보기 좋아하는 사람, 뭔가를 파헤치기 좋아하는 사람을 '피핑 톰'이라 부르게 된 것이다.

고다이버 여왕 동상

앞에서 이야기했듯이 히치콕은 어린 시절 엄격한 부모 밑에서 강박증을 가지고 살 수밖에 없었다. 죄와 벌에 대해 가진 어린 시절의 두려움. 하지만 히치콕은 오히려 어린 시절 골방에서 혼자 할 수 있었던 일들을 찾아 두려움을 극복한다. 여행을 가보고 싶은 곳의 지명을 외우고, 그림으로 꿈을 그려보기도 한다. 그는 작품에서 그 감정들을 잘 이끌어내어 대작을 만들어낸다. 여러 유명 감독들이 '히치콕의 머리에는 아이디어가 가득하다'라고 한다. 여러 감독들이 히치콕을 참고하는 이유다. 그 아이디어들이 어디서 온 것일지 짐작이 간다.

이런 도전은 나이가 든 노장의 히치콕의 모습에서도 찾아볼 수 있다. 영화 <히치콕>에는 히치콕 감독이 46편의 영화를 감독하고 60이 되어 새로운 도전으로 <사이코>를 찍게 되는 모습을 그리고 있다.

당시 어느 기자는 60세의 히치콕 감독에게 이렇게 말한다. '잘 나갈 때 관둬야 되지 않는가?'라고. 60세, 침체기로 고민하는 거장에게는 참으로 낙담되는 말이었을 것이다. 게다가 주변의 반응도 싸늘했다. 제작비도 투자 받지 못한다. 그러나 히치콕은 늘 새로운 제작실험을 시도하고 다시 한번 그 자유를 느껴보고 싶어 한다. 실패하면 거장의 이름에 먹칠이 될 수도 있는데 자신에 대한 믿음으로 그 모든 상황들을 극복하고 다시 도전한 것이다. 그 도전이 불후의 명작 <사이코>를 만들었다.

히치콕의 어린 시절, 또한 노장의 모습에서 또 배운다. 우리는 너무 쉽게 무엇인가를 포기해버리는 것은 아닌지.

히치콕 관련 영화를 8편 봤는데도 또 다른 작품이 계속 보고 싶어진다. 영화의 거장, 서스펜스의 거장이라는 타이틀이 괜히 생긴 게 아니라는 생각이 들었다. 그리고 이제는 영화를 보면서 장면 하나하나가 주는 의미를 조금 더 깊게 생각하면서 보려고 한다. 우리가 명장면이라고 하는 그 장면 하나를 찍기 위해 감독이 얼마나 많은 노력을 기울이고 있는지도 알게 됐다.

히치콕이 60세의 나이에도 새로운 도전을 하는 모습을 보며, 많은 생각이 들었다. 나라면 주위 사람들이 반대하는 상황에 어떻게 대처할까? 여전히 지금도 질문 중이다.

2. 영화를 만나다

4. 영화의 거장 2
슬랩스틱 코미디의 거장, 찰리 채플린(Charles Chaplin)과 만나는 꿈과 끼 - 관찰력

하경: 엄마, 그동안 무겁고 어려운 영화를 많이 본 것 같아요. 배꼽이
        빠질만큼 재있는 영화는 없나요?

엄마: 물론 있지! 찰리 채플린! 들어본 적 있지?

하경: 아! 알아요~ 콧수염에 우스꽝스러운 옷차림을 한 키 작은 남자
        요!

엄마: 맞아. 찰리 채플린의 영화를 볼 건데. 채플린의 코믹한 연기를 보
        면 실컷 웃을 수 있을 거다. 그런데 내용은 여러 가지 의미심장
        한 주제들을 다룬단다.

〈국가의 탄생〉부터 〈전함포템킨〉, 〈시민케인〉, 〈현기증〉, 〈이창〉, 〈새〉까지 너무 무거운 이야기들만 보여주지 않았나 하는 생각에 다음으로 선택한 영화가 채플린의 영화였다. 그렇다고 채플린 영화가 결코 가벼운 것은 아니다. 웃음 지으며 보지만 큰 의미로 다가오는 위대한 작품들이다. 90년대 중반 우리나라에 〈위대한 독재자〉가 상영된 적이 있다. 당시 중앙극장으로 기억되는데, 위대한 독재자를 보며 느낀 채플린에 대한 충격, 느낌을 잊을 수가 없다. 아들도 내가 그때 느꼈던 그 느낌으로 봐주길 바라며 채플린의 명작 〈키드〉부터 문을 두드렸다. 최근 찰리 채플린 기획전으로 장편 10편, 단편 7편이 디지털 리마스터링 버전으로 상영되고 있다. 극장에서 영화를 만나볼 수도 있으니 확인해 보면 좋을 듯싶다.

채플린은 불행한 어린 시절을 보낸다. 뮤직홀의 연예인이었던 부모는 이혼 후 아버지는 알코올 중독자가 되고 어머니는 정신분열 증세에 시달린다. 그는 보육원 생활을 반복하기도 하고 아버지와 잠시 살기도 한다.

그의 아버지는 아들의 끼를 우연히 발견하고 아는 사람을 통해 채플린을 아동 극단 '랭커셔의 여덟 꼬마들'에 입단시킨다. 채플린은 생계를 위해 이발사 조수, 호텔보이, 인쇄소직공 등 다양한 일들을 해야 했다.

이후 이복형 시드니와 함께 코미디 공연을 시작하며 인정받

찰리 채플린(1889~1977).
그의 트레이드마크인 콧수염,
우스꽝스러운 복장, 그리고 지팡이

기 시작하고 스타로 자리매김한다. 자신의 어린 시절 환경, 술주정뱅이 아버지를 흉내 낸 공연에 많은 사람이 호응한다. 채플린은 관찰력이 뛰어난 사람이었다. 유머의 소재는 관찰력의 결과였다.

코미디 프로그램을 잘 보면 코미디언들의 관찰력이 얼마나 뛰어난 지 알 수 있다. 소재 하나하나가 우리 일상에서 있는 일들인데 그것들을 잘 캐치해 코미디의 소재로 사용한다. 그래서 코미디언, 개그맨은 타고난 유머감각도 있어야 하지만 관찰력이 뛰어나고 머리가 좋아야 한다.

스타가 된 채플린은 활동 무대를 미국, 영화사로 옮긴다. 채플린의 팬터마임이 무성영화시대와 잘 맞을 수 있다는 판단이었다. 사진에서처럼 어수룩해 보이는 표정, 콧수염, 꽉 끼는 상의와 헐렁한 바지, 지팡이, 모자 등 채플린은 자신만의 분위기를 잘 만들어 나간다. 요즘말로 이미지 메이킹에 성공한 것이다. 배우들은 자신의 캐릭터를 만들기 위해 애쓴다. 이미 채플린은 자신만의 캐릭터를 완벽하게 만들어 나갔던 것이다.

- 〈키드〉(The Kid, 1921)

찰리 채플린의 첫 장편영화이다. 키드는 앞에서 이야기했던 그리피스의 〈국가의 탄생〉 이후 최고의 작품으로 인정받게 된다. 가족이 함께 보면 좋을 영화 키드!

내용을 요약하면 다음과 같다. 남자에게 버림받고 아이를 홀

This is the great picture upon which the famous comedian has worked a whole year.

6 reels of Joy.

Charles Chaplin in

"THE KID"

Written and directed by Charles Chaplin

〈키드〉 포스터

로 낳은 젊은 여자는 아이를 기를 능력이 없어 부잣집 고급 승용차에 아이를 두고 떠난다. 그런데 도둑들이 하필 이 자동차를 훔치게 되고 아이를 길가에 버리고 달아난다. 우연히 길을 지나던 찰리는 아이를 발견하지만 역시 아이를 키울 능력은 없다. 그런데 아이를 버리려할 때마다 사람들과 마주쳐 실패하고 결국 아이를 자신의 아파트에서 어렵사리 키우게 된다. 아이를 고아원에 데리고 가지 못하게 하기 위해 싸우는 장면은 그가 어릴 적 보육원 시절을 떠오르게 하는 장면이다. 성장한 아이는 찰리와 좋은 파트너가 된다. 아이가 돌을 던져 유리창을 깨면, 깨진 유리창을 갈아 끼우는 일을 찰리가 맡는 것이다. 꼬리가 길면 잡히는 법, 경찰이 이들을 쫓게 된다. 그러다 아이가 아프게 되면서 여배우로 성공한 아이의 엄마를 만나게 되고 결국 아이와 헤어져 실의에 빠지게 된다. 찰리는 그들과 다시 행복하게 사는 꿈을 꾼다.

이 영화를 보면 누구나 아이 역할의 '재키 쿠건'에게서 눈을 돌리지 못할 것이다. 〈키드〉의 주연 선발을 위한 오디션에서 채플린은 4살 재키 쿠건을 보고 감탄했다고 전해진다. 채플린의 자서전 『나의 삶』(1964)에 보면, 재키 쿠건이 보여 준 감정과, 희극성, 연기력은 놀라울 만큼 흠잡을 데가 없다고 평하고 있다.

찰리채플린과 아이

꼬마 재키 쿠컨의 열연 장면

© 〈키드〉

- 〈시티라이트〉(City Lights, 1931)

마지막 무성영화 걸작 중 하나로 꼽힌다. 참고로 최초의 발성영화는 앨런 크로스랜드 감독의 〈재즈싱어〉(1927)이다. 채플린은 발성영화시대를 비판하며, 무성영화 〈시티라이트〉를 만든다.

소리가 없다가 소리가 들어간다. 얼마나 획기적인 일인가. 무성영화에서 발성영화로의 변화는 혁명이었다. 그만큼 영화인들에게도 관객들에게도 많은 변화가 있을 수밖에 없다. 무성영화시대 배우들은 표정과 연기로 역할을 소화해낸다. 그러다 발성영화가 되면서 목소리로 대사를 해야 하는 것인데, 역할과 배우의 목소리가 맞지 않아, 소리가 좋지 않아, 대사 처리가 되지 않아 연기자의 길을 포기해야 하는 경우도 허다했다. 무성에서 유성으로 변하면서 사라지는 스타들이 등장하게 된다. 찰리 채플린을 이야기 하면서 늘 함께 거론되는 코미디계의 라이벌이 있는 데, 그가 바로 버스터 키튼(Buster Keaton, 1895-1966)이다. 버스터 키튼이 바로 유성영화로의 변화에서 도태된 대표적 인물이다. 그의 목소리는 너무 중저음이어서 코미디물과 맞지 않았던 것이다. 생의 최악을 맞아 힘겹게 살아가던 버스터 키튼을 재기하게 만들어 준 것도 다름 아닌 라이벌 찰리 채플린이었다. 그를 〈라임라이트〉(Limelight, 1952)에 출연시키고, 그로 인해 재기한 버스터는 급기야 1960년 아카데미 시상식에서 공로상을 수상하기까지 한다. 무성영화에서 유성영화로의 변화, 이 과정에서 몰락하는 스타들. 이러한 내용을

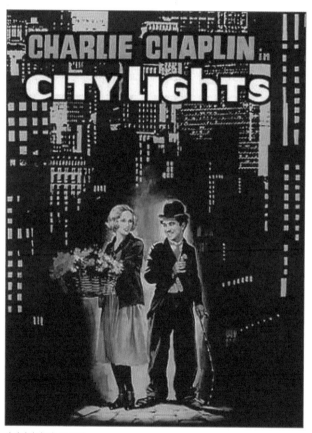

〈시티라이트〉포스터

다룬 영화가 최근 개봉돼 인기를 끌었다. 바로 〈아티스트〉(The Artist, 2012). 무성영화의 걸작인 〈시티라이트〉를 보면서 무성영화에서 유성영화로 변했을 때의 변화들을 생각해보자. 이 영화와 함께 아티스트도 감상해볼 것을 권한다.

채플린은 한 장면을 만족할 때까지 여러 차례 촬영하는 것으로 유명하다. 그만큼 장면 하나에 대해 완벽을 추구하고 열성적이었다는 것인데, 이 작품 〈시티라이트〉에서 기록을 세운다. 무려 한 장면을 342번이나 촬영했던 것이다.

미국 대공황의 힘겨운 삶을 다룬 것으로 유명한 〈시티라이트〉는 첫 장면부터 유쾌하다. 시민들의 안전과 평화를 위해 세워진 동상. 그 동상의 제막식을 위해 시민들과 관계자들이 모여 있다. 드디어 동상을 개봉하기 위해 커튼을 걷는 순간. 동상위에 한 갈 곳 없는 떠돌이 남자가 자고 있다. 사람들은 동상에서 내려오라고 하고 채플린은 내려오며 온갖 우스운 행동들을 서슴없이 보여준다. 마치 자본주의 사회를, 대공황으로 어려운 현실을 비웃는 듯하다. 행사 장소에서 쫓겨난 채플린은 일거리가 없어 떠돌다 우연히 시각장애인 아가씨가 꽃을 파는 모습을 보게 된다. 자신도 돈이 없는 형편이지만 주머니에 있는 동전을 탈탈 털어 그녀에게서 꽃을 사든다. 그런데 아가씨는 어느 신사가 차를 타는 소리를 듣고는 부자인 남자가 자신에게 도움을 준 것으로 착각하게 된다.

채플린은 부자행세를 하며 그녀와 가까워지고, 우연히 그녀가 수술을 하게 되면 다시 볼 수 있게 된다는 사실을 알게 된다. 어느 날 채플린은 우연히 백만장자가 자살을 하려던 것을 막아 구해주면서 백만장자와 친구가 된다. 그런데 그 사람은 술에 취하면 친구가 되지만 술이 깨면 채플린의 존재를 까맣게 잊는다. 술에 취한 백만장자에게 채플린은 그녀의 이야기를 하고 거액의 돈을 받아 그녀의 수술비를 대게 된다. 그런데 술이 깬 백만장자는 그 사실을 기억 못하고 채플린이 돈을 훔친 것으로 오해를 한다. 세월이 흘러 더 행색이 초라해진 채플린은 그녀의 꽃가게를 지나게 되는데, 시력을 되찾은 그녀는 그를 알아보지 못한다. 참 슬픈 장면이다. 채플린은 용기를 내 그녀의 가게로 들어가는 데 부랑자인줄 안 점원이 그를 쫓아낸다. 그 아가씨는 동전을 가져와 채플린의 손에 쥐어주는 데, 그때 채플린의 손을 만지며 촉각으로 그를 기억해낸다. 둘은 행복한 미소를 짓는다.

　- 〈모던 타임즈〉(Modern Times, 1936)

　　보통 '찰리채플린' 하면 〈모던 타임즈〉를 떠올리는 경우가 많다. 영화를 보지 않은 사람들조차도 기억하는 채플린의 대표작이다. 기계에 끼인 사람의 우스꽝스러운 모습은 압권이다. 사람이 기계를 만들어 사용하는 차원을 넘어 인간이 기계의 부속품으로 전락하는 모습을 상징하는 장면이다.

(위) 포스터
(아래) 영화 장면
ⓒ 〈모던 타임즈〉

2. 영화를 만나다

공장에서 온종일 나사못을 조이는 일을 하는 찰리는 일을 하지 않을 때도 손이 자동으로 움직인다. 모든 것을 조여 버리는 강박증에 시달린다. 쉴 때도 조차도. 나사를 조이다 톱니바퀴 사이에 빠져 마치 기계의 일부가 되어 돌아간다. 회사는 공장가동 시간을 아끼기 위해 작업 터 위에 식사를 자동으로 할 수 있는 기계를 설치해 찰리에게 실험을 한다. 기계화된 시대에 인간이 인간다운 처우를 받지 못하고 소외됨을 재미있게 표현한 작품이다. 기계 고장으로 케이크 대신 나사를 먹게 되기도 하고, 음식이 온몸에 쏟아지는 장면, 옥수수가 달린 기계가 계속 돌아가는 장면 등은 찰리 채플린의 연기를 제대로 보여주는 장면들이다. 이는 기계가 완벽하지 만은 않다는 것을 보여주려는 의도이다. 결국 채플린은 이상증세를 보여 정신병원에 들어가게 된다. 병원에서 증세는 치료됐지만 졸지에 실업자가 된 채플린은 길을 가다 시위대에 섞이면서 우연히 주워들게 된 깃발 때문에 주동자로 몰려 감옥에 가게 된다. 출소 후 거리에서 빵을 훔치던 고아 소녀를 구하기 위해 대신 범인을 자처하고 감옥에 들어간다. 이제 소녀와 함께 살 꿈을 꾸며 백화점 경비로 취직하는 찰리. 백화점에서 몰래 잠을 자다 들켜 다시 경찰에 체포된다. 아무도 없는 백화점이 내 집인 것처럼 누비고 편안한 침대에서 잠을 자는 장면, 한 번쯤 상상해보지 않았을까? 이 영화에서는 경찰에 체포되는 장면이 여러 번 반복된다. 그 후 소녀는 길에서 춤을 추다 카페무용수로 취직하게 되고, 다시 출소한 찰리를 카페 종업원으로 소개해 함께하게 된다. 그러나 행복도 잠시 소녀가 예전 절도로 다시 체포될 위기에 처하자 기지를 발휘해 달아나고 다시 길을 떠나는 장면으로 맺는다. 찰리가 소녀에게 웃으라고 하며 둘이 손을 잡고 길을 떠나는 뒷모습은 새로운 꿈을 꾸게 한다.

찰리 채플린의 말이다. "하늘을 올려다보라. 당신이 아래를 보고 있다면 결코 무지개를 볼 수 없다."

〈모던 타임즈〉는 기계화된 세상 속에서 인간의 소외, 자본주의의 문제를 제기하는 영화다. 영화를 보면서 그 시대를 읽어보는 과정이 필요하다. 영화를 보며 시대적인 배경, 역사적인 사건, 영화의 배경이 된 지역, 그 시대 의상, 말투까지도 분석해보고, 더 확대해 공부하는 것도 재미있는 작업일 것이다.

이 영화의 시대 배경은 다음과 같다. 급속한 산업화를 이룬 미국은 빈곤, 소득불균형의 문제가 나타나기 시작한다. 노동자들이 극심한 빈곤에 시달리며 분노하고, 이들이 할 수 있는 유일한 저항이 파업이었다. 공장에서 일하던 찰리가 공장이 문을 닫고 파업하면서 실업자가 되는 장면, 소녀를 만나 아침식사를 하는 장면에서 신문을 보고 다시 공장 문이 열린 것을 알게 돼 공장으로 향해 일하지만, 다시 파업에 돌입해 공장을 떠나게 된다. 이런 장면들이 당시 노동자들의 삶을 잘 나타내주고 있다. 또한, 사장이 노동자들을 감시하기 위해 사무실에 감시 카메라를 설치하는 장면은 지금은 흔한 일이지만 당시로서는 대단한 상상이었다. 최근 우리 사회

에서도 CCTV 설치를 놓고 의견이 분분하다. 이 부분에 대해서도
함께 이야기를 나눠보도록 한다.

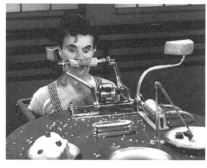

노동시간을 아끼기 위한
자동식사기계 실험 장면

강박증에 이상증후를 보이는 찰리

ⓒ 〈모던 타임즈〉

"웃어요~" 길 떠나는 마지막 장면

- 〈위대한 독재자〉(The Great Dictator, 1940)

채플린의 인생은 평탄하지 못했다. 결혼 생활도 그리 행복하
지 못했으며 죽은 후에 무덤까지 도굴되는 일 등 불행의 연속이었
다. 가장 힘든 일은 공산주의자라는 누명을 쓰게 된 일이다. 그 계
기가 된 영화가 바로 〈위대한 독재자〉이다. 히틀러를 풍자한 영
화임에도 불구하고 히틀러를 소재로 삼았다는 것으로 공산주의로
몰리게 된다. 이후 라임라이트 시사회에 참석하기 위해 미국을 떠
났다가 영영 돌아오지 못하는 신세가 된다. 미국FBI는 여러 정황
들로 채플린을 공산주의자로 몰아간다. 그가 미국 국적을 취득하
려하지 않았다는 점, 주변 사람들의 증언, 연설을 시키고 단어 하
나하나를 체크하기도 한다. 채플린이 사용한 단어 중 청중을 '동무
들'이라고 표현한 것이 문제가 된다. 결국 채플린은 공산주의자로
낙인 돼 다시 미국 땅을 밟지 못하게 된다.

〈위대한 독재자〉 속 장면

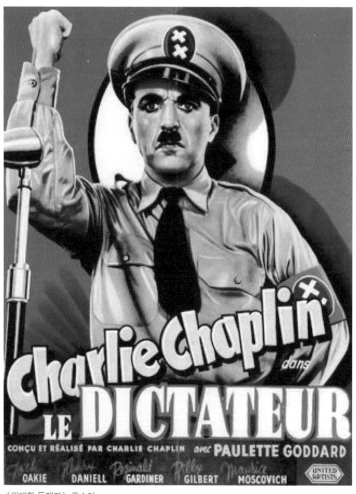

〈위대한 독재자〉 포스터

채플린 최초의 유성영화 〈위대한 독재자〉. 전쟁의 첫 장면으로 시작된다. 찰리는 말단군인의 신분으로 전쟁에 참여한다. 포가 불발돼 코앞에 떨어졌을 때 그 상황에서 연출된 코믹함, 연기속에서 적군과 함께 걷고 있는 모습 등 시작부터 재미있다. 적군의 공격 속에서 슐츠 장군을 가까스로 구해 비행기를 타고 달아나지만 추락해 기억을 잃고 군병원에서 지낸다. 찰리는 퇴원 후 다시 이발사 보조로서의 보통의 삶을 살아간다. 한편 나치로 상징되는 인물, 힌켈은 세계정복을 꿈꾼다. 힌켈이 세계정복을 꿈꾸며 대형지구본을 띄우며 춤추는 모습은 압권이다. 영화관에서 이 영화를 처음 접했을 때 이 장면에서 웃으면서 울었던 기억이 난다~

한편, 유태인 탄압이 시작되면서 찰리가 대원들에게 잡히지만 우연히 다시 슐츠의 도움으로 풀려난다. 그러나 힌켈의 세계정복의 꿈으로 다시 전쟁이 시작되고 수용소에 갇힌 찰리와 슐츠는 군복을 몰래 입고 빠져나오게 된다. 두 사람을 잡기 위해 혈안이 된 군인들은 힌켈을 이발사로 오인해 체포하고 반대로 장교복을 입은 찰리를 힌켈로 착각해 연단에 세우게 된다. 여기서 찰리는 세계평화와 자유를 갈망하는 최고의 명연설을 한다. 이 마지막 연설이 후세에도 명장면으로 꼽히는 부분이다. 내용 또한 이 시대에도 의미 있는 내용들이다.

눈치 챘겠지만, 찰리와 힌켈의 역할을 물론 찰리채플린이 1인 2역으로 소화해낸다.

(위) 대형 지구본을 팅기며 세계 정복을 꿈꾸는 코믹한 모습
(아래) 채플린 연설 장면
ⓒ 〈위대한 독재자〉

"남의 불행을 딛고 사는 것이 아니라
남이 행복한 가운데 살기를 원합니다.
기계를 창조할 능력을 지닌 당신들은
행복을 창조할 수 있는 힘도 지닌 것입니다."

새로운 발명품은 상상의 산물이기도 하지만 관찰의 힘이 더 크다. 주위를 자세히 관찰하다 보면, 예상 외로 놀라운 것을 발견하게 될 때가 많다.

사람들과의 관계에서도 마찬가지다. 유심히 살펴보고 관찰하다보면 보이지 않는 부분까지 읽게 된다.

찰리 채플린은 관찰력이 뛰어났다. 주변 사람들의 모습을 잘 관찰하고 살피는 과정 속에서 작품의 소재를 찾아냈다. 그의 해학이 넘치는 대사나 독특한 표정 등은 세심한 관찰력이 준 선물이었다.

채플린의 이런 모습은 그의 어머니에게서 비롯된 것으로 알려졌다. 채플린의 어머니는 지나가는 사람들의 표정, 행동을 관찰하고 성격을 알아냈다고 한다. 채플린은 팬터마임과 관찰력은 어머니가 주신 유산이라고 말했다. 우리도 무엇이든 세심한 시선으로 바라볼 때 비로소 더 많은 것을 깨닫게 될 것이다.

채플린 영화를 보면서 친구 중에 연예인이나 선생님 흉내를 잘 내는 친구가 생각났다. 그 친구를 보면 자기가 흉내내고 싶은 사람을 오랜 시간 관찰한다. 특징을 잡아내서 따라해보고 기술이 완성되면 친구들 앞에서 맘껏 끼를 발휘해서 웃음을 준다. 채플린 같은 친구다. 그 친구에게서 내가 발견한 중요한 한 가지는 그 친구가 단지 웃음을 주기 위해서만 주변을 관찰하는 게 아니라는 것이다. 늘 친구에게 관심이 많고, 주변을 관찰한다. 그리고 도움이 필요한 친구에게 적당한 때에 도움을 준다. 참 멋지다고 생각했다. 엄마가 말씀하신 관찰력은 상대방에 대한 관심이기도 하다는 말의 의미를 알 것 같다. 오늘따라 그 친구가 보고 싶다.

채플린처럼 명연설하기!

대중 앞에서 말을 하는 것은 굉장히 두려운 일이다. 토론토대학에서 설문조사를 실시했는데, '자신에게 가장 두려운 것은?'이라는 질문에 고소공포, 곤충류, 가난, 질병, 죽음 등 다양한 답변이 나왔다. 그중 1위를 차지한 것이 대중 앞에서 말하기였다니 많은 사람들 앞에서 말하기가 얼마나 어려운 일인지 증명이 된 셈이다. 하지만 말하기는 연습, 연습을 통해 발전될 수 있다.

데일 카네기(D. Carnegie)는 연설을 수영에, 극작가 버나드쇼(George Bernard Shaw)는 스케이트 배우기에 비유했다. 직접해보고 연습하면 잘 할 수 있다는 것이다. 여기서 잠시 말하기에 대한 팁을 알려주고자 한다. 위대한 독재자를 봤다면, 마지막 연설 장면을 한 번 더 보자. 혹 영화를 다 못 봤더라도 연설 장면은 인터넷에서 쉽게 찾아볼 수 있으니 찾아볼 것을 권한다. 무엇이 보이는가?

1) 무대에 오르기 전 긴장감을 줄이기 위해 복식호흡을 한다.

연단에 올라설 때. 물론 여기서 찰리는 자신이 연설을 하게 되리란 것을 상상하지도 못했을 것이다. 어찌해야 하나 하는 표정으로 올라가지만, 여기서 주목해야 할 것은 천천히 연단위에 오르는 모습이다. 긴장된 마음으로 급하게 올라가 연설을 시작하는 경우가 많다. 긴장을 많이 할수록 실수가 많기 마련이다. 무대 오르기 전 긴장을 풀기 위해 복식호흡을 해준다. 복식호흡은 평소 꾸준히 연습을 해야 하는데, 쉽게 설명하자면 숨을 들이마실 때 횡경막이 내려가면서 배가 나오고, 내쉴 때 배가 들어가도록 연습하는 것이다. 복식호흡을 하게 되면 흉식호흡을 할 때보다 폐활량을 30%나 더 늘릴 수 있어서 좋다.

그 다음 보이는 모습이 소개를 한 사회자에게 짧게 목례를 하는 장면. 그런 예의도 중요하다.

2) 발성과 발음 연습

채플린이 강연하는 소리에 집중해보자. 발성이 아주 잘되어있다. 그리고 대중들이 잘 알아들을 수 있게 또박또박 발음을 하고 있다. 소리를 내는 연습, 입을 크게 벌리고 또박또박 읽는 연습을 평소에 한다. 발성은 '작게-조금 크게-더 크게' 순으로 소리를 점점 크게, 점점 작게 연습해본다. 아나운서나 성우들은 보통 발음 테이블로 연습을 한다. 여러분들은 교과서를 들고 한 글자 한 글자씩 입을 크게 벌리고 또박또박 읽는 연습을 해보자. 매일 연습을 반복하면 정확한 발음, 좋은 소리를 낼 수 있게 된다. 그리고 약간 미소를 띠면 소리가 부드럽게 나온다는 사실도 기억하자.

3) 시선처리

발성, 발음, 호흡 외에 비언어적인 요소도 연설에 있어 중요하다. 그중 가장 눈에 띄는 것이 시선처리이다. 영화에서 채플린은 연설 앞부분에서는 주로 정면을 주시하며 이야기 한다. 그러다 군인들, 대중들을 부르며 왼쪽에서 오른쪽으로 오른쪽에서 왼쪽으로 시선을 돌리며 이야기 한다. 시선을 돌릴 때는 눈만 돌아가는 것이 아니라 목과 몸이 함께 움직이는 것이 좋다. 시선처리는 너무 자주 해도 안 되고, 보통 한 문장은 한 곳에 시선을 두는 것을 권한다. 대중 한 사람, 한 사람씩 눈을 맞추고 이야기 하는 것이 좋으며, 규모가 큰 경우에는 한 집단, 한 집단 별로 그룹을 지어 나눠보는 것이 편하다.

4) 말의 강약, 속도, 퍼즈 활용

말의 지루함을 피하기 위해 다양한 방법들을 사용한다. 대중 연설은 지루하면 안 된다. 말을 한 톤으로 하지 말고 중요한 부분은 강하게 하고 조용히 말해야 하는 내용은 작게 말하는 변화를 준다. 여기서 채플린의 강약활용이 돋보인다. 전쟁 종식과 인류의 평화에 대해 강조할 때는 강하게 빠른 속도로 말하는 것을 볼 수 있다. 그리고 정말 중요한 사안에 있어서는 잠깐 쉬는 퍼즈의 활용이 굉장히 중요하다. 잠깐 멈췄을 때 대중은 무엇을 말할까 기대하게 된다. 명연설가의 연설을 유심히 보라. 이러한 점들을 잘 활용하고 있음을 알 게 될 것이다. 미국의 전 대통령인 오바마의 명연설도 유명하다. 총기난사 사건 피해자를 추모하는 연설에서 한 소녀의 죽음을 애도하며 52초간 말을 잇지 못한다. 그 52초간의 침묵이 오바마의 명연설로 기억되고 있다.

5) 제스처
비언어적인 표현은 중요하다. 의사소통에서 비언어적인 표현이 중요하다는 것은 여러 학자가 이야기했다. 그중 미국의 심리학자 메라비안(A. Mehrabian)이 말한 '메라비안 법칙'이 있다. 우리가 이야기할 때 정보는 7%이고 목소리, 표정, 태도가 93%를 좌우한다는 것이다. 그만큼 비언어적인 표현이 중요하다는 이야기다. 이런 비언어적인 표현을 잘 나타내는 것 중 하나가 제스처다. 연설을 할 때 손을 적절하게 사용하는 것이 좋다. 보통 손은 아래로 내리지 않고 배 위쪽에서 움직이게 되는데, 그렇다고 제스처를 너무 자주 사용하면 번잡해 보인다. 내 연설에서 가장 중요한 부분에 어떤 제스처를 넣을지 고민해본다. 단, 너무나 어색한 제스처는 안하느니만 못하다는 것도 기억해두자. 채플린은 이 장면에서 "하나로 뭉칩시다!" 라고 외치고 마지막에 손을 올리며 효과를 극대화시킨다. 단 한 번의 제스처가 큰 인상을 남기는 경우다. 여러분은 평창올림픽을 유치하기 위해 세계 각국 관계자를 대상으로 연설한 김연아 선수를 기억할 것이다. 김연아는 여기서 중요한 세 부분에 제스처를 사용한다. 김연아 선수의 시선처리, 제스처, 강약, 퍼즈 활용 등은 모범답안 같다. 꼭 찾아볼 것!

스피치를 연습하는 장면을 볼 수 있는 영화가 있다!

〈킹스 스피치〉(The King's Speech, 2010) 주인공인 콜린퍼스는 뜻하지 않게 왕위를 물려받았지만 연설이 서툰 버티라는 역을 맡았다. '버벅 버티'에서 피나는 노력 끝에 멋지게 스피치를 해내게 되는 과정이 그려진다. 연습하는 과정이 잘 그려져 도움이 될 것이다.

3

**영화를
고르다**

1. 우정 영화
〈내 친구의 집은 어디인가?〉(Where Is The Friend's Home?, 1987)에서 만나는 꿈과 끼
- 우정

어느 날 하경이가 스쿨버스를 기다리다 길에서 아이팟을 주웠다.

하경: 엄마, 아침에 학교 가는 길에 아이팟을 주웠는데 내 친구가 그걸
보고 어차피 주운 거니 자기가 가져도 되냐며 가져갔어요.

엄마: (조금 화가 났다) 주웠으면 임자를 찾아줘야지...내일 다시 찾
아 오거라.

다음 날 아들은 그 친구에게서 돌려받아왔고. 폰을 뒤져보니 아빠라고 전화번호
가 입력되어 있었다. 아이의 물건인 것이다. 그 번호로 전화를 하고 물건은 주인에
게 무사히 돌아갔다. 부모님께 잃어버렸다는 말도 못하고 끙끙 앓고 있던 아이는
매우 감사해하며 선물을 전달했다.

하경: (선물을 받고) 물건을 친구에게 찾아주니 기분이 좋은 데요!

엄마: 그래. 주웠다고 내가 맘대로 하는 게 아니고 꼭 찾아 줘야 해. 잃
어버린 사람의 마음을 헤아려 봐야지. 그런 의미에서 오늘은 실
수로 친구 공책을 가져와 어두워질 때까지 친구 집을 찾아 헤매
는 순수한 소년의 이야기가 담긴 영상을 같이 보자.

3. 영화를 고르다

〈내 친구의 집은 어디인가?〉 포스터

이 영화는 주인공인 아이들이 전문 배우가 아닌 거리 캐스팅된 예로 유명하다. 이란 출신 '압바스 키아로스타미(Abbas Kiarostami, 1940~2016)' 감독이 직접 나서서 뽑은 아이들의 연기는 매우 자연스러우면서도 신비롭다. 이 영화를 처음 접했을 때 이란의 마을이 생소해서 더욱 이국적으로 느껴졌던 영화다.

이 영화는 헐리우드 영화에 익숙한 아들에게도 신선함을 가져다준 것 같다. 이 영화는 우리 가족뿐 아니라 전 세계에 이란영화를 알리는 계기가 된다. 2005년에는 영국영화연구소에서 선정한 14세 이하 어린이가 봐야할 좋은 영화 10선에 뽑히기도 했다.

교실 풍경은 어디나 똑같은 것 같다. 숙제 검사의 떨림은 물론, 숙제를 해오지 못해 선생님께 꾸중 듣고 우는 모습까지도 말이다. '네마자데'는 공책에 숙제를 해오지 못해 울고 있다. 그 옆 짝꿍인 주인공 '아마드'는 안타깝게 바라본다. 집으로 돌아온 '아마드'는 숙제를 하기 위해 공책을 꺼내다 실수로 '네마자데'의 공책을 들고 온 사실을 알게 된다. 공책에 숙제를 한 번 더 해오지 않으면 퇴학이란 걸 안 '아마드'는 걱정이 되어 곧바로 친구의 집을 찾아 나선다.

도대체 내 친구의 집은 어디인 것인가?

낯선 동네를 수소문해 다녀보지만 친구의 집은 쉽게 찾을 수 없다. 결국 어두워지는 밤 집으로 돌아온 아마드는 친구의 숙제까지 하느라 밤을 샌다.

다음 날 역시 공포의 시간이 다가온다. 숙제 검사의 시간. 짝꿍이 자신의 노트를 가져간 줄도 모르는 네마자데는 그 순간 얼마나 공포였을까? 그때 수호천사가 나타난다. 아마드가 숙제가 완성된 자신의 공책을 내민다. 작은 꽃잎과 함께.

요즘 같이 액션이 난무하는 영화에 익숙한 사람들은 조금 지루하게 여길 수도 있다. 하지만 영화를 다 본 후에는 생각이 달라질 것이다. 이 영화를 한 마디로 표현하자면 '따뜻함'이다. 이 영화를 보고 나면 옆에 있는 친구가 달라 보일 수도 있다. 또한 진정한 우정에 대해 깊이 생각하는 계기가 될 것이다.

아마드와 짝꿍 네마자데
ⓒ 〈내 친구의 집은 어디인가?〉

숙제를 안 해 혼나서 우는 네마자데
ⓒ 〈내 친구의 집은 어디인가?〉

3. 영화를 고르다

이 영화를 만든 압바스 키아로스타미는 이란의 대표적인 감독으로 이란 뉴웨이브 운동의 선두자로 손꼽힌다. 우리나라 부산국제영화제도 몇 차례 방문한 적이 있으며, 한국음식 마니아로도 알려져 있다. 그는 테헤란 대학에서 미술을 전공하고 영화타이틀 디자인 작업 등을 했고, 아동지능 개발연구소에서 일하면서 영화 제작에 들어간다. 아이들과의 인연도 여기서 시작된다. 이 영화를 보면서 이란 골목골목 시골마을의 풍경, 우물, 학교의 모습, 거주지의 모습, 노인들, 여자들, 아이들의 일상 등을 다큐멘터리를 보듯이 감상했을 것이다. 키아로스타미 감독은 삶의 모습을 그대로 보여주고, 현실적으로 나타내려고 한다. 실제 마을에서 실제 마을 주민들로 전문 배우가 아닌 일반인들과 작업을 한 것만 봐도 알 수 있다. 실제 영화에서 아이들이 영화를 찍는 지도 모르고 놀았다고 하니 정말 현실 그 자체를 보여 주는 것이다.

영화의 한 장면 한 장면 참 많은 생각을 하게 한다. 아마드가 학교에서 돌아와 친구의 노트를 가져온 것을 알게 되면서 큰 고민에 빠진다. 그때 아마드는 엄마에게 친구의 집을 찾아나설 것을 얘기하지만 엄마의 답은 '숙제하고 놀아라'였다. 친구의 노트를 찾아줘야 한다, 안 그러면 친구가 곤란해진다는 심각한 아이의 말에도 되돌아오는 말은 '숙

"숙제하고 놀아라" ⓒ 〈내 친구의 집은 어디인가?〉

제 먼저 해라'이다. 무슨 말을 해도 엄마는 아이의 말을 존중하지 않는다. 아이의 상황을 생각지 못하고 엄마의 생각만을 전달한다. 이란의 가정, 아마드의 가정만 이럴까? 이 장면을 보며 엄마로서 나는 어떠했는지 되돌아보는 시간도 가졌다.

왜 길이 지그재그로 나 있을까. 이 길을 달려가는 아이를 멀리서 롱테이크로 촬영해 바라보게 한다. 꼭대기에는 나무가 한 그루가 서있다. 친구와의 우정을 상징할 법한 나무 한 그루, 그 나무를 향해 아이는 길고 긴 길을 달려간다. 같은 길을 반복하는 장면이 답답하게도 느껴진다. 그러나 그것이 우리의 인생을 의미하는 것은 아닐까. 정성껏 공책을 들고 뛰어가는 아이의 순수한 모습, 공책을 꼭 찾아주어야 한다는 결의에 찬 모습. 나의 해야 할 일도 미루고 친구를 도우려는 아이의 모습에서 우리가 어떻게 살아가야 하는지 생각해보게 된다.

친구 집을 찾기 위해 지그재그 길을 달려가는 아마드 ⓒ 〈내 친구의 집은 어디인가?〉

3. 영화를 고르다

엄마 몰래 친구의 집을 찾기 위해 나간 아이는 낯선 동네에서 친구 집을 찾기까지 다양한 사람들을 만나게 된다. 아이의 눈으로 본 어른들의 세상. 다들 자기 이야기로 바쁘고 어린아이의 마음을 읽지 못한다. 관심도 두지 않는다. 우리는 살아가며 얼마나 많은 사람을 만나게 될까? 여러분도 이 아이가 겪은 것처럼 살아가면서 다양한 만남의 과정을 거치게 될 것이다. 그러나 어두운 길을 동행해주며, 꽃잎을 꽂아주는 할아버지도 만날 수 있다는 사실에 위안을 받는다. 친구의 집을 끝내 찾지 못해 너무나 속상한 아마드, 숙제를 들고 방으로 들어가지만 어찌해야 할지 고민이다. 그때 강하게 불어오는 바람, 그리고 열린 문밖의 광경을 보고 아마드는 새로운 생각이 떠오른다. 친구의 숙제를 해가는 거다. 여러분의 삶에 무슨 어려움이 닥친다면 거기에 너무 빠져만 있지 말고 바람이 불고 빨래가 걷히듯 그 어려움들을 과감히 이겨내고 대안을 찾아보길 바란다. 길이 있을 것이다.

압바스 키아로스타미 감독의 또 다른 영화 〈그리고 삶은 계속 된다〉와 〈올리브 나무 사이로〉도 꼭 함께 볼 것을 권한다.

결국 친구 숙제를 대신해주는 아마드, 그가 대신 해준 숙제 공책에 꽂혀 있는 꽃잎
ⓒ 〈내 친구의 집은 어디인가?〉

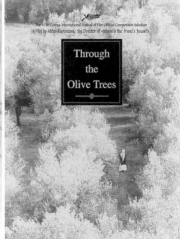

〈그리고 삶은 계속 된다〉포스터 　　　　〈올리브나무 사이로〉포스터

　　　　나이가 들어 어릴 적 친구들을 오랜만에 만나도 바로 엊그제 본 것 같은 느낌이 든다. 아마도 이 영화에서처럼 순수한 시절을 함께 보낸 기억 때문일 것이다. 초등학교 때 운동회 날이었다. 부모님이 응원을 오셨다. 4명이 함께 100미터 달리기 선에 섰다. 난 달리기를 잘 못하기 때문에 보나 마나 3등 아니면 4등이었다. 친구들에게 부모님이 오셨는데 조금만 천천히 달려달라는 말도 안 되는 부탁을 했다. 그런데 어찌된 일인지 내가 2등으로 들어온 것이다. 한 친구가 일부러 천천히 달려 내가 2등 도장을 손등에 받을 수 있게 해 준거다. 눈물 나게 고마웠었다. 자신도 잘 달려 손등에 도장을 받고 싶었을 텐데 말이다. 처음 받아보는 달리기 손도장이 나에겐 노트에 꽂힌 꽃잎이었다. 요즘 학교생활은 너무 경쟁위주의 교육이어서 이런 순수함은 찾아보기 힘들다. 친구들 간에도 경쟁이 심해지기 때문에 과연 얼마나 마음을 주고받을 수 있는 친구를 만날 수 있을지 걱정이 되기도 한다.
　　　　아리스토텔레스는 우정은 인생에 있어 참된 즐거움 중 하나이며, 진정한 우정을 나누는 친구가 있어야 성공한 인생이라고 강조했다. 이것이

3. 영화를 고르다

아리스토텔레스가 말하는 '우정론'인데, 우정을 유익, 즐거움, 좋음 때문에 성립한 우정, 3가지로 나눠 설명했다. 그중 유익과 즐거움을 추구하는 우정은 오래가지 못하지만, 좋음을 추구하는 우정은 상대방을 소중히 여기고 상호 존중을 바탕으로 하기 때문에 오래 지속된다고 했다. 하경이가 살아가며 마음을 터놓고 이야기할 수 있는 친구 한, 두 명은 꼭 있었으면 좋겠다. 유익과 즐거움만이 아니라 좋음을 추구하는 그런 관계. 그런데 그런 친구를 가지려면 내가 먼저 그런 친구가 되어주는 것이 중요하다고도 말해주고 싶다.

 <내 친구의 집은 어디인가>를 보며 아마드의 꽃잎이 꽂힌 노트가 가장 마음에 와 닿았다. 사실 요즘 학교에서 이런 모습은 찾아보기 힘들기 때문이다. 시험뿐만 아니라 수행평가도 많아지면서 아이들이 친구들보다 더 좋은 성적을 받기 위해 경쟁한다. 꽃잎이 꽂힌 노트는 우리 교실에서는 찾아보기 힘든 광경이다. 그냥 경쟁만 하는 것으로 그치는 것이 아니라 친구의 노트를 훔치기도 하고, 일부러 경쟁자 친구의 노트를 감추기도 한다는 뉴스는 이미 오래된 일이다. 난 이런 이야기를 뉴스로만 접하다가 직접 겪으면서 굉장히 속상했던 경험을 했었다. 나는 노트 정리를 잘하는 편이다. 역사에 관심이 많아서 역사공부를 혼자 하면서 엄청 정리를 잘해 놓은 노트가 있었다. 반 친구들 모두가 인정하는 모범답안 같은 노트였다. 그런데 시험 일주일 전에 나의 노트가 사라졌다. 마음이 무너졌다. 어떻게 공부해야할지 캄캄했었다. 이 영화에서처럼 누군가가 내 노트를 실수로 가져가 다시 찾아주는 그런 극적인 일은 나에겐 없었다. 그렇지만 이 사실을 안 반 친구들이 부분부분 정리가 된 노트를 카메라로 찍어서 보내주었다. 힘내라는 이모티콘과 함께. 그 이모티콘이 나에겐 아마드의 꽃잎이었다. 그때의 친구들을 잊을 수가 없다. 그래서 난 지금도 내가 정리한 노트를 친구들에게 잘 빌려준다. 그때 받은 우정을 나누기 위해서다.

〈개를 훔치는 완벽한 방법〉
(How To Steal A Dog. 2014)

〈개를 훔치는 완벽한 방법〉 포스터

〈내 친구의 집은 어디인가〉를 통해 어린 아이의 순수함에 감탄하게 된다. 같은 맥락에서 우리나라 영화 한 편을 추천한다. 어린이의 순수함, 엉뚱함을 통해 사랑을 발견하게 될 것이다. 갑자기 집도 사라지고, 아빠도 사라진 초등학생 지소는 엄마와 동생 지석과 함께 아빠가 운영하던 피자가게 배달봉고차를 집으로 삼아 살아간다. 학교를 다녀오던 어느 날 지소는 부동산 앞에 붙은 '평당 500'이라는 문구를 보게 된다. 분당이 아닌 평당에 500만 원이면 집을 살 수 있는 것으로 오인한 지소. 그리고 개를 찾아주면 사례금을 준다는 전단지도 발견하게 된다. 그러나 그 개는 이미 찾았단다. 그래서 다른 방법을 찾는다.

지소는 친구와 함께 작전을 짜기 시작한다. '그렇다면 개를 훔쳐 다시 돌려주고 500만 원을 받는다'는 깜찍한 계획을 세운다. 노트에 전략을 세우고 동선까지 자세하게 그려가며 나름 치밀하게

봉고차에서 살아가는 지소 가족
© 〈개를 훔치는 완벽한 방법〉

부동산 앞 평당 500만 원 현수막 발견
© 〈개를 훔치는 완벽한 방법〉

계획을 세운다. 500만원을 줄 수 있는 부잣집으로 엄마가 일하던 레스토랑 마르셀의 사장님의 개 '월리'가 낙점된다. 월리를 훔치는 과정이 코믹하게 그려진다. 결국 레스토랑 사장님에게 월리가 어떤 존재인지 알게 된 지소는 개를 돌려주고 사실을 말하게 된다. 영화를 보며 아이의 순수한 마음뿐만 아니라 우리 사회 주택문제, 교육문제, 여성일자리, 가족해체 등 다양한 문제도 생각하게 된다.

이 영화는 베스트셀러 작가 '바바라 오코너(Barbara O'Conner)' 의『개를 훔치는 완벽한 방법』(How to Steal a Dog)이란 책을 원작으로 한다. 책도 함께 읽어 볼 것을 권한다. 특별히 원서로 읽어보는 것도 좋은 방법이다.

레스토랑 사장 역 배우 김혜자

강아지 윌리와 아이들

윌리를 찾아 나선 아이들

© 〈개를 훔치는 완벽한 방법〉

3. 영화를 고르다

2. 가족 영화
〈자전거 도둑〉 (The Bicycle Thief, 1948)에서 만나는 꿈과 끼 – 아버지의 사랑

엄마: 하경이 어릴 적에 아빠가 무거운 물건을 드는 걸 보고, 운전하시는 거 보고 대단하다고 했었지? 그런데 지금도 그렇게 생각하니?

하경: 그건 어릴 때 생각이구요. 이젠 조금 알지요. 가끔은 아빠가 일 때문에 늦게 오시고 또 쉬지도 못하고 그런 거 보면 쫌 힘드시겠구나, 이런 생각은 해요.

엄마: 하경이가 다 컸구나.

하경: 나도 남자라서 나중에 가장이 돼야 하잖아요. 그래서 힘들겠구나 하는 생각이 들어요. 영화에서 이런 내용을 다룬 게 있어요?

엄마: 어, 〈자전거 도둑〉이라는 영화인데, 이 영화를 보면서 이번에는 가족 간의 사랑도 생각해보고, 특별히 아빠의 뒷모습을 생각해보면 좋겠구나.

〈자전거 도둑〉 포스터

2차 세계대전 후 일자리를 구하기란 하늘의 별따기다. 주인공 '안토니오'는 매일 일거리를 찾기 위해 인력시장에 나간다. 어렵게 구한 일. 바로 벽보를 붙이는 일이다. 그런데 이 일은 자전거가 필수다. 안토니오의 부인은 이 사실을 알고 결혼 당시 받은 하얀 침대 시트를 벗겨 전당포에 맡기고 자전거를 산다. 자전거도 생기고, 벽보도 붙여 이제 가족의 생계가 해결된 듯했으나. 사다리를 타고 벽보를 붙이는 순간 누군가 자전거를, 가족의 생계를 가지고 달아난다.

안토니오는 그날부터 아들 부르노와 자전거를 찾기 위해 시내 여기저기를 돌아다닌다. 비 오는 거리를 어린 아들과 함께 자전거를 찾는 모습, 여기저기 자전거가 쉴 새 없이 스쳐가지만, 자신의 자전거는 보이지 않는다. 실제 로마 거리, 시장, 자전거 상점, 그리고 2차 세계대전 이후 실의에 빠진 빈곤층의 현실적인 생활상을 볼 수 있다. 자전거 도둑으로 추정되는 사람을 잡지만 이미 자전거는 없다. 오히려 주변사람들에게 비난을 받고, 그 청년은 간질로 쓰러지기까지 한다. 경찰도 증거가 없어 체포할 수 없다고 한다.

자전거를 타고 벽보를 붙이는 일을 하는 모습
ⓒ 〈자전거 도둑〉

자전거 찾는 부자
ⓒ 〈자전거 도둑〉

자전거를 찾기 위해 거리를 헤매는 부자의 모습 ⓒ 〈자전거 도둑〉

화가 난 안토니오는 아들을 먼저 전차에 태워 보내고 홧김에 자전거를 훔치다 잡힌다. 전차를 놓친 아들은 졸지에 자전거 도둑이 돼 온갖 멸시를 받는 아버지를 보게 된다. 사람들한테 얻어맞고, 뺨을 맞기도 하는 아버지의 모습은 눈물겨울 정도로 초라하다. 울면서 아버지에게 달려온 아이를 보고 자전거 주인은 그냥 보내기로 한다. 자전거 주인의 선처로 풀려나지만, 자신이 그토록 증오하던 자전거 도둑이 되어 아들 앞에서 모욕을 당한 아버지의 마음이 어땠을까?

자전거 도둑으로 의심되는 청년을 잡고
ⓒ 〈자전거 도둑〉

자신이 자전거 도둑이 되어 멱살을 잡히고
ⓒ 〈자전거 도둑〉

　　〈자전거 도둑〉은 이탈리아 원제목으로 하면 사실 '자전거 도둑들'이다. 주인공의 자전거를 훔친 도둑과 어쩔 수 없이 자전거를 훔치게 되는 주인공까지 2명의 자전거 도둑이 있기 때문이다. 원제를 그대로 해석하는 것이 더 맞을지도 모르겠다.

아빠의 손을 잡고 ⓒ 〈자전거 도둑〉

　　하염없이 걷는 부자의 뒷모습, 울고 있는 아버지의 손을 살며시 잡는 아들, 아빠와 아들의 꼭 잡은 손이 따뜻하게 가슴에 남는 영화다.

3. 영화를 고르다

1980년대 우리나라는 지금처럼 학생들이 즐길 수 있는 문화가 많지 않았던 때다. 그래서 학교에서 영화를 단체 관람하는 경우가 많았다. 엄마가 중학교 때 단체 관람한 영화 중 〈해바라기〉가 오래도록 기억에 남았었다. 그 영화의 여주인공 소피아 로렌도. 그 영화를 보고 나서 감독이 누군지 참 궁금했었다. 바로 이탈리아 감독인 '비토리오 데 시카(Vittorio De Sica, 1901~1974)' 감독, 이 영화의 감독이다. 우리나라에서는 〈무기여 잘있거라〉(1962)와 1982년 개봉한 〈해바라기〉(1970)의 감독으로 기억된다. 그는 배우 겸 가수이기도 했다. 감독으로서 그는 이탈리아에 새 바람을 불러일으킨다. 바로 **네오리얼리즘(Neorealism)**을 시작하고, 이후 많은 영화와 감독들에게 영향을 끼치는 감독이 된다. 네오리얼리즘은 이탈리아 파시스트 정권의 영화정책에 대항하는 것으로 시대적 상황을 사실적으로 바라보고 비판하는 흐름이다. 이 영화 역시 세트가 아닌 실제 거리에서 촬영을 하고 배우도 전문 배우가 아닌 실제 노동자, 빈민층 사람들의 연기로 그들의 실상을 그대로 보여준다. 실제 현실을 그대로 보여주고자 하는 노력, 생각나는 사람이 없는지? 전차와 자전거가 교차하는 장면에서 우리가 앞에서 살펴보았던 '지가 베르토프'의 〈카메라를 든 사나이〉가 생각난다. 영화 장면이 실제 생활을 보여주기 때문에 영화를 보며 그 시대 상황을 이해하며 보는 것도 좋겠다.

아빠는 무엇이든 두려워하지 않고 잘하는 사람. 어린 시절 아이들은 아빠는 슈퍼맨이라 생각한다. 아빠라는 존재는 아이들의 눈엔 굉장히 크게 느껴진다. 그런데 커가면서 아빠가 슈퍼맨은 아니라는 사실을 서서히 깨닫기 시작한다. 어느 순간, 아버지의 눈물, 아버지의 작아진 뒷모습을 보게 된다. 이 영화가 바로 그런 영화다.

아이가 사춘기가 되면 엄마, 아빠와 갈등을 겪는 일들이 많다. 아이의 사춘기 즈음에 엄마, 아빠도 또 다른 사춘기 같은 갱년기를 겪는 경우가 많기 때문이다. 그로 인해 서로가 갈등을 겪게 된다. 부모님들이 하염없이 자녀의 사춘기를 지켜보며 기다리는 것처럼 한 번쯤은 자녀들도 엄마, 아빠의 힘든 시간을 지켜봐 주면 좋겠다.

영화를 보는 내내 아빠 생각이 났다. 우리 아빠도 작아질 수 있다는 걸 알았다. 영화에서 아빠가 자전거를 훔쳐 도둑으로 몰리는 장면이 가장 가슴 아팠다. 나였다면 어땠을까 하는 생각을 해본다. 아빠에게 실망했을까? 누가 봤을까봐 창피했을까? 아니다. 영화에서처럼 나도 아빠의 손을 살며시 잡아드렸을 거 같다. 우리나라도 IMF를 겪으며 갑자기 실직한 가장들이 많았던 때가 있었다고 한다. 그래서 노숙자도 많아졌다. 그 당시 삶을 좌절하며 생을 포기한 분들도 많이 있었다고 한다. 지금도 경제가 어려워 삶을 포기한 가장들이 많다. 나는 매달 마지막 주 금요일에 남대문과 시청, 서울역으로 노숙자분들을 위한 밥퍼 봉사에 간다. 거기서 그런 분들을 많이 만난다. 대부분 아버지들이다. 그 아버지들의 손을 누군가 영화에서처럼 살포시 잡아드렸으면 좋겠다. 그래서 그분들이 다시 용기를 가지셨으면 좋겠다.

아, 그리고 초등학교 때 읽었던 책인데 이 영화의 제목과 같은 『자전거 도둑』이라는 제목의 책이 기억이 난다. 엄마와 영화를 먼저 보고 이 책을 만나서 영화의 내용인 줄 알고 반가웠었는데, 이 책은 영화의 내용이 아니라 우리나라의 이야기를 다룬 책이었다. 물질만 중요시하는 현대인들의 모습을 보여주는 내용이다. 같은 제목 다른 느낌의 책도 보면 좋을 거 같아 적어본다.

〈인생은 아름다워〉(Life Is Beautiful, 1997)

〈인생은 아름다워〉 포스터

자전거 도둑을 보며 아버지와 아들의 사랑에 울컥했다면, 그 감정을 이어서 한 편을 더 감상할 것을 권해본다. 수많은 사람이 가장 인상에 남는 영화로 뽑는 영화 '인생은 아름다워'다. 이 영화는 어른이나 아이 모두에게 사랑받는 영화로도 유명하다.

귀도는 초등학교 교사 도라를 만나 사랑에 빠진다. 약혼자가 있던 도라와의 사랑을 위해 둘은 마을을 도망치고 결혼해 아들 조슈아를 낳는다. 둘은 더없이 행복한 나날을 살아간다.

그러나 유태인 말살정책으로 인해 귀도의 가족은 수용소로 끌려간다. 아들과 함께 포로수용소에 감금된 아버지는 어린 아들을 위해 하얀 거짓말을 한다. 지금 상황을 게임이라고 애써 농담을 한다. 1000점을 먼저 따면 게임이 끝나며 상으로 탱크가 주어질 것이라는. 아빠는 웃으며 말했지만 속으로는 울었다.

군인들이 들어와 독일어를 할 줄 아는 사람을 찾는다. 아빠는 물론 독일어를 못하지만 손을 번쩍 들어 통역을 한다. 독일군이 말하는 규칙 내용과 상관없이 아빠는 아이에게 게임의 규칙에 대해 설명하게 된다. 그 모습을 보고 아들은 이 모든 상황을 게임으로 확실히 인식하게 된다. 게임의 규칙은 3가지! 울기 시작하면, 엄마가 보고 싶다고 하면, 배가 고파 간식을 달라고 하면 빵점 처리된다고 말한다.

모두가 널 찾고 있다, 현재 점수는 940점, 60점만 더하면 이제 내일 아침에 게임이 끝나고 일등이다. 그러니 무슨 일이 있어도 통속에 숨어서 나오지 마라. 아이는 일등을 하기 위해 꼼짝도 하지 않는다. '아무도 안 보일 때까지 나오지 않는다.' 아버지의 마지막 당부였다.

아내 도라를 찾다가 독일군에게 잡힌 아빠. 아빠는 총부리를 겨눈 독일군 앞에서, 아이가 있는 곳을 지날 때 게임처럼 우스꽝스럽게 걷는다. 아이는 아빠를 통속에서 바라보며 윙크한다. 곧이어 들리는 총소리에 가슴이 찢어진다. 이 장면만으로도 유태인 학살이 얼마나 끔찍했는지 짐작이 간다. 아들에게만은 결코 초라한 모습을 보이지 않으려는 귀도 아빠의 코믹하면서도 아픈 연기가 오랫동안 잊혀지지 않는다.

아빠의 말대로 아무도 보이지 않을 때까지 숨어 있는 아이 앞에 1등 상품인 탱크가 나타난다. 1000점이 채워져 1등이 된 것으로 아는 아이는 기뻐한다.

조슈아는 엄마 도라를 만나지만 아빠 귀도가 죽은 줄을 모른다. 하지만 아들은 세월이 흘러 자신이 아버지의 사랑으로 살아남게 됨을 깨닫는다.

이 영화의 감독인 '로베르토 베니니(Roberto Benigni)'는 이탈리아에서 유명한 코미디 배우로 활약하고 있다. 〈인생은 아름다워〉에서 감독 겸 주연인 아빠 '귀도' 역을 맡았다. 주요 작품 〈자니 스테치노〉(Johnny Stecchino, 1990)는 이탈리아에서 가장 흥행한 작품이다. '도라'역의 '니콜레타 브라스키(Nicoletta Braschi)'는 실제 로베르토 베니니의 아내이다.

영화를 감상하다 보면 그 영화에 쓰인 음악도 감동으로 남는다. 귀도가 독일장교들의 파티에서 음식 시중을 들다 축음기를 발견하고 어딘가에 있을 아내를 위해 추억이 있는 음악을 튼다. 여자 수용소에 있는 아내 도라는 그 음악을 들으며 귀도가 자신에게 보낸 것으로 직감하고 눈물을 흘린다. 이 감동적인 장면에서 흐르는 음악이 바로 오펜바흐의 오페라 호프만 이야기 2막에 나오는 '뱃노래'다. 소프라노와 메조 소프라노 두 여성의 화음이 아름답다. 이 곡을 꼭 찾아서 들어보길 권한다.

내가 이 영화의 음악 감독이라면, 이 장면에서 어떤 음악을 선곡했을지 상상해보자. 장면의 분위기에 가장 어울리는 선곡을 해보고 그 이유를 말해본다. 영화 DVD를 다시 돌려보면서 이 부분의 볼륨을 줄이고 자신이 선곡한 곡으로 영화를 다시 감상해보면 어떨까.

여러분이 미래를 꿈꾸고 자신의 꿈을 키워나가는 데 가장 중요한 버팀목은 가족이다. 영화에서 아빠 귀도의 가족을 향한 사랑은 고귀하다. 엄마 도라도 유태인이 아니기 때문에 수용소로 끌려갈 이유는 없었지만, 스스로 가족과 함께 하기 위해 수용소행을 택하게 된다. 아들 조슈아는 아빠와 엄마의 사랑을 절대적으로 믿기에 수용소에서 살아날 수 있었다. 가족 간의 사랑과 믿음이 얼마나 중요한지 이 영화가 다시 한번 말해주고 있다. 나의 꿈과 끼를 위해 가족이 어떤 의미인지 이야기해 보자.

함께 보면 좋은 책 『죽음의 수용소에서』 (빅터 프랭클 (Victor Frankl) 저)

'사람은 어떠한 최악의 조건에서도 삶의 의미를 찾을 수 있다.' 빅터 프랭클의 말이다. 그는 책에서 수용소에서의 자신의 경험을 밝히고 있다. 유태인 출신의 신경정신과 의사가 쓴 이 책을 읽어보면 아우슈비츠 수용소에서 당시 벌어진 학살이 생생히 그려질 것이다. 빅터 프랭클의 이야기는 EBS의 지식채널 e에서도 찾아볼 수 있다.

3. 영화를 고르다

3. 영화 속 멘토
〈죽은 시인의 사회〉(Dead Poets Society, 1989)
에서 만나는 꿈과 끼 - 삶의 멘토

흔히 청소년기를 질풍노도의 시기라고 한다. 요즘은 중학교 2학년 즈음에 나타나는 사춘기의 방황을 '중2병'이라고 한다. '중2병'에는 약이 없다는 말이 생길 정도로 대단하다. 그런데 하경이는 '중3병'(내가 붙인 이름이다)을 몹시 심하게 앓았다.

하경: 엄마 D-100일이에요. D-50일이에요...(몹시 우울한 목소리로)

언제부턴가 하경이가 D-Day를 세기 시작한다. D-Day의 그날은 바로 중학교 졸업식 날이다. 졸업이 기다려지는 것이 아니라 안 왔으면 하는 아쉬움에서였다. 그만큼 중학교 생활이 즐거웠고, 선생님과 헤어지기 싫었던 거다. 아들의 그런 모습이 귀엽기도 하고 다행스럽기도 했다. 요즘 같이 삭막한 세상에 학교생활이, 친구들이, 게다가 선생님이 그리도 좋았다니 걱정스러우면서도 얼마나 다행스럽던지! 그러나 아들은 자기와의 싸움을 하느라 힘겨워했다.

엄마: 하경아, D-Day를 세며 날이 가는 것을 슬퍼하기보다 남은 날들을 더 알차게 보내면 어떨까? 선생님과도 더 많이 얘기하고, 친구들과도 더 신나게 놀고!

하경: 안 그래도 그러려구요, 복음샘과 안나샘하고 얘기하다 울었더니 선생님들도 그렇게 말씀해주셨어요...

그렇게 졸업식 날은 어김없이 왔고, 하경이는 남중 졸업식에서 유일하게 선생님들을 안고 우는 감성적인 남학생으로 전설이 되었다는~.

선생님을 좋아하는 아들에게 '키팅' 선생님을 소개하고 싶어 함께 봤다. 영화를 보고 난 후 아들은 죽은 시인의 사회를 책으로도 보고 싶어 했다. 당연히 바로 주문~ 여러분도 꼭 책으로도 만나 볼 것을 권한다. 헤르만 헤세의 『수레바퀴 아래서』도 함께 보면 좋다.

영화의 내용으로 들어가 보자!

1950년대의 명문 사립학교 '웰튼'이 배경으로 그려진다. 학교를 나오면 그들의 부모처럼 의사, 변호사 등 전문인들이 될 수 있는 진학률 최고의 명문학교다. 그런 학교에 '존 키팅' 선생님이 부임한다. 수업 첫 시간부터 선생님은 시 수업 첫 장의 원론적 이야기를 찢어 버리라고 한다. 스스로 인생을 설계하라고 가르친다.

'오늘을 살라'고 강조한다. 그동안의 교육과 다른 파격적인 교육으로 아이들은 혼란스럽지만 점점 그 의미를 깨닫게 된다.

그러면서 키팅 선생님이 참여했던 〈죽은 시인의 사회〉 써클을 이어나가기로 한다. 한밤중에 기숙사를 빠져나와 숲속에 있는 굴속에서 시를 읽고 그들이 원하는 것에 대해 토론을 한다. 그러나 연극이 하고 싶은 닐은 의사가 될 것을 강요하는 아버지의 의지를 꺾지 못하고 자살을 선택하게 된다.

이 문제가 커지면서 〈죽은 시인의 사회〉 써클이 문제가 되고, 학교는 키팅 선생님이 아이들을 동요했다는 명목으로 학교에서 쫓아내게 된다. 키팅 선생님이 떠나는 장면에서 학생들이 하나

〈죽은 시인의 사회〉 포스터

175

둘 씩 책상에 올라간다.

> 책상에 올라가
> 카르페 디엠(carpe diem)!
> 지금 살고 있는 현재 이 순간에 충실하라!
> '다른 시각으로 세상을 보라, 자기만의 관점을 가지라'

늘 이 말을 외쳤던 키팅 선생의 참교육이 아이들에게 영향을 준다. 명장면이다.

여러분도 영화를 보고 난 후, 꼭 책상 위에 한 번 올라가 세상을 바라보자. 세상이 달리 보일 것이다.

오늘을 살아라. 다른 시각으로 세상을 봐라
ⓒ 〈죽은 시인의 사회〉

인간은 사회적인 동물이다. 가족 외에 사람들과의 관계 속에서 인성이 형성되는 것이다. 감수성이 예민한 학생들에게 선생님이야말로 가장 영향력을 많이 끼치는 존재이다. 그런 면에서 <죽은 시인의 사회>에 나오는 '키팅' 선생님은 누구나의 롤 모델이 아닐 수 없다.

선생님은 한 아이의 인생을 바꾸기도 한다. 최근 방영된 TV드라마 <착하지 않은 여자들>에 보면 '현숙'은 자신을 믿어주지 않는 선생님 때문에 인생 전체가 어긋난다. 선생님의 불신 때문에 평생 열등감과 패배감을 넘어 증오감에 사로잡힌다.

드라마에서의 이야기만이 아니다. 선생님은 무조건 학생들을 무섭게 대하는 것이 권위주의의 상징처럼 여겨졌던 때가 있었다. 그때마다 학생들은 극심한 상처를 받았다. 시대가 변하면서 영화 속의 키팅 선생님을 닮은 분들이 늘어 다행이다. 학생들을 이끌어주고, 인생의 방향을 제시해주는 나침반 역할을 해 주는 선생님들. 상상만으로도 뿌듯하다.

학생들에게 좋은 선생님은 등대와 같다. 그러므로 학창 시절에 키팅 선생님 같이 좋은 선생님을 만난 학생들의 삶은 빛날 수밖에 없다. 등대의 불빛을 따라 걷기만 하면 되니까.

지금까지 하경 주변에는 훌륭한 선생님들이 많았다. 그로 인해 아들의 삶이 풍성해지는 것을 보며 흐뭇했다. 하경도 언젠가는 누군가에게 좋은 멘토가 될 것이란 믿음이 생겼기 때문이다.

나는 영화를 보는 내내 행복한 사람이라는 생각이 들었다. 왜냐하면 키팅 선생님처럼 좋은 선생님을 이미 만났고, 졸업한 지금도 선생님들은 나의 좋은 멘토가 되어 주시기 때문이다. 언제 찾아도 반갑게 맞아 주시고 관심 가져 주실 때마다 가슴이 뜨거워진다. 내 고민을 다 털어 놓아도, 끝까지 들어주시는 선생님들을 뵐 때마다, 나도 선생님을 닮고 싶어질 때가 많다.

학교에서 친구들끼리 멘토-멘티 프로그램을 한다. 물론 처음에는 생활기록부에 활동이 기록된다는 점에서 신청했지만, 시간을 쪼개 친구의 공부를 도우면서 욕심이 생겼다. 단순히 공부뿐만 아니라 그 친구를 격려해주기로 말이다. 그래서 성적이 안나와 고민하는 멘티 친구에게 '할 수 있다'는 힘을 주는 말을 자주해주고 있다. 그렇게 작은 일부터 실천해나가면 나도 복음샘처럼, 안나샘처럼, 수언샘처럼 좋은 누군가의 멘토가 될 수 있을 거다!

무엇보다 <죽은 시인의 사회>에 나오는 키팅 선생님처럼 훈훈하면서도 멋진 사람이 되고 싶다. 좋은 영화는 언제나 공부 때문에 폐허가 된 가슴을 촉촉이 적셔주는 촉진제다.

〈시네마천국〉(Cinema Paradiso, 1988)

〈시네마천국〉 포스터

이탈리아 주세페 토르나토레 감독의 영화. 유명한 감독이 된 '살바토레'는 '알프레도'가 죽었다는 소식을 접하고 그동안 가지 않았던 고향을 찾게 된다. 고향 시칠리아에서의 어린 시절 살바토레는 '토토'였다. 아버지가 전사하고 엄마와 여동생과 함께 힘겹게 살아가는 토토는 그 지역 신부가 영화 검열하는 일을 도왔다. 극장의 영상기사 알프레도는 처음에는 그 어린아이가 귀찮았지만 둘은 나이를 초월한 친구가 된다. 알프레도 할아버지는 아버지가 없는 토토에게 아버지와도 같은 커다란 존재가 된다.

그러던 어느 날 극장에 들어오지 못한 주민들을 위해 알프레도는 영사기를 돌려 건너편 건물 벽에 비추고 광장에서 영화를 볼 수 있게 한다. 요즘의 야외극장 같은 분위기다. 그런데 갑자기 영사기에 붙은 불로 극장이 타게 되면서 알프레도 할아버지는 실명

알프레도와 토토 ⓒ 〈시네마천국〉

하게 된다. 후에 새로 지어진 극장. 그동안 알프레도에게 영사기
조작법을 배웠던 토토가 그 일을 대신하게 된다. 토토는 청년이 되
어 엘레나와 사랑에 빠지지만 엘레나 부모의 반대로 헤어지는 아
픔을 겪고 엎친 데 덮친 격으로 군대까지 가게 된다. 군에서 돌아
온 토토에게 알프레도는 고향을 떠나 절대로 돌아오지 말라고 한
다. 더 큰 세상에서 더 큰 꿈을 키우며 살도록 격려한다. 알프레도
의 말에 토토는 로마로 떠나고 유명한 영화감독이 된 것이다. 알프
레도의 장례 소식을 듣고 오랜만에 찾은 고향은 너무 많이 변해있
었다. 알프레도가 남긴 필름 유품을 받고 돌아와 그 필름을 돌려보
는데, -여기서 필름을 돌리는 영사기사가 주세페 토르나토레 감독
이라는 사실~~ 세상에! 어릴 적 검열에서 삭제되었던 필름들을 모

아 영화를 만든 게 아닌가! 살바토레는 자신, 토토에 대한 알프레도의 깊은 사랑을 깨닫고 영화를 보며 내내 감격의 눈물을 흘린다.

〈시네마천국〉 속 장면

이 영화는 실제 70년대 영사기사를 한 주세페 토르나토레 감독의 경험이 묻어나는 영화다. 마지막 장면, 검열에서 삭제된 키스신을 엮어 만든 알프레도의 선물도 주세페 감독의 친구의 경험이 들어간 것이라고 한다.

영화를 보면서 우리는 동네 극장인 '시네마천국'이 과연 모두에게 어떤 의미였는지도 생각해보게 된다. '장소성'의 의미다. 영화장면에 보면 사람들은 영화를 보며 서로 이야기도 하고 멋진 장면에서는 환호도 하며 즐거운 시간을 보낸다. 지금처럼 조용히 영화를 보는 게 아니다. 당시의 영화는 조용히 감상하는 개인적 차원의 문화가 아니라 동네 사람들과의 만남과 교감이 이루어지는 장이었다. 그래서 '시네마천국'이 개발로 인해 허물어질 때 사람들은 모두의 추억이 무너지는 경험으로 안타까워하며 사라지는 극장을 지켜보게 된다.

시대가 변하면서 매체의 변화는 계속되어 왔다. 주세페 감독은 텔레비전이 보급되면서 극장들이 하나둘씩 문을 닫는 모습을 보며 이 영화를 생각하게 됐다고 한다. 새로운 매체의 등장은 기존 매체를 위협하기도 한다. 우리나라의 경우를 생각해보자. 1950년대 말 인기 매체는 '라디오'였다. 동네 사람들이 라디오가 있는 집 마당에 모여 앉아 '라디오 드라마'에 울고 웃던 시절이었다. 그러나 1960년대 이후 텔레비전이 등장하면서 라디오의 위상이 위협을 받는다. 1980년대 컬러텔레비전의 등장은 더욱 그러했다. 그리고 시대가 변하면서 인터넷이 등장하고, 이제는 디지털 시대로 다매체 다채널 시대가 되었다. 여러분에게는 아직 조금은 어려운 이야기일 수 있겠지만 이러한 매체 변화에 따라 사람들의 삶이 어떻게 변화하고 있는지도 생각해보면 좋은 공부가 될 것이다. 시네마천국이 무너지는 장면에서 너무 많이 간 듯하다. 자 다시 영화로 돌아와 보자. 처음 아들에게 영화를 소개하기 위해 영화 음악을 들려주었다. 시네마 천국에 나오는 영화음악은 너무나 유명해서 한 번쯤은 들어본 곡일 것이다. 엔리오 모리코네(Ennio Morricone), 그의 아들 안드레아 모리코네(Andrea Morricone)의

'Cinema Paradiso'와 'Love Theme'. 첫 장면과 마지막 장면에 흐르는 이 곡들을 꼭 감상해보길 바란다.

4. 음악 영화
〈사운드 오브 뮤직〉(Sound of Music, 1965)에서
만나는 꿈과 끼 – 나의 꿈, 나의 라라랜드를 찾아서

하경: 시네마 천국 영화 음악을 들으면서 영화에서 음악이 얼마나 중
요한지 알겠어요. 엄마, 그럼 음악이 많이 들어간 뮤지컬 영화에
서 고전은 뭐예요?

엄마: 1927년 최초의 뮤지컬 영화인 〈재즈싱어〉부터 〈사랑은 비를 타
고〉, 〈웨스트사이드 스토리〉, 〈쉘브르의 우산〉 등 아주 많단다.
그중 엄마가 어릴 때 처음 접한 뮤지컬 영화 〈사운드 오브 뮤직〉
을 같이 보고 싶구나! 거기 나온 노래 '도레미송', '에델바이스'는
지금도 잘 알려져 있지.

하경: 아! 저도 그 노래들 알아요. 뮤지컬 영화에 나오는 노래들은 참
기억에 많이 남는 거 같아요.

엄마: 그래. 뮤지컬 영화는 공연이 먼저 유행하고, 그게 영화화된 작
품들이 많단다. 그리고 뮤지컬 실황을 그대로 담아 보여주는 영
화도 있고.

하경: 아 지난번에 본 영화 〈1789 바스티유의 연인들〉 말이죠?
저는 이 영화가 뮤지컬 실황을 그대로 보여줘서 그런지 〈레미제
라블〉보다 더 실감나고 좋았던 거 같아요.

엄마: 그래 요즘 하경이가 음악을 좋아해서 매일 이어폰을 귀에 꽂고
있지? 힙합만 듣지 말고 이제는 뮤지컬 영화에 나오는 영화 음
악들도 들어보자!

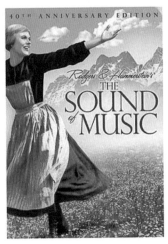

〈사운드 오브 뮤직〉 포스터

이 영화는 폰 트랩 일가의 실화를 바탕으로 한다. 마리아 트랩이 자신의 가족 이야기를 자서전 형식으로 쓴 『트랩 가족 합창단 이야기』가 원작이다. 그 내용으로 만든 독일영화 〈보리수〉(1956)가 흥행을 했고, 이를 각색해 만들어진 뮤지컬이 1959년 이후 브로드웨이 무대에서 장기 공연 기록을 세운다. 이 뮤지컬을 영화화한 작품이 바로 〈사운드 오브 뮤직〉(1965)이다.

오스트리아 잘츠부르크 수녀원의 말괄량이 견습 수녀 '마리아'는 예비역 대령 '폰 트랩'의 집에 가정교사로 들어간다. 그 집에는 어머니를 일찍 여의고 엄한 아버지 밑에서 자라는 일곱 명의 아이들이 있다. 아이들은 무서운 아버지에게 관심을 받기 위해 일부러 말썽을 피운다. 마리아는 이런 아이들에게 사랑과 음악으로 다가간다. 아름다운 노래를 가르쳐주고 알프스의 아름다운 자연을 느끼게 해주면서 아이들이 다시 밝아질 수 있도록 만든다. 엄격한 폰 트랩 대령 역시 서서히 마리아에게 마음을 열게 된다. 그런데 자신이 대령을 사랑하고 있음을 깨닫고 당황한 마리아는 도망치듯 수녀원으로 떠나지만 원장 수녀의 격려로 다시 아이들에게로 돌

〈사운드 오브 뮤직〉 속 장면

아간다. 남작 부인과 결혼하려던 대령도 마리아에 대한 사랑을 깨닫고 남작 부인과 파혼 후 마리아에게 청혼한다. 마리아와 대령이 신혼여행을 간 사이 오스트리아는 나치스 독일에 합방되고, 소집 명령을 받은 대령은 망명을 시도한다. 이들은 가족 합창단을 만들어 오스트리아 민요대회에 출전하게 되고 나치의 빈틈을 노려 탈출한다는 해피엔딩 스토리다.

〈사운드 오브 뮤직〉은 영화 〈바람과 함께 사라지다〉(1939)의 흥행기록을 깨면서 전 세계인의 사랑을 받고 있는 뮤지컬영화의 고전이다. 1965년에 아카데미 시상식에서는 감독, 작품, 편집, 편곡, 녹음 등 5개 부문에서 오스카상을 수상한 바 있다.

이 영화의 감독인 로버트 와이즈(Robert Wise, 1914-2005)는 우리가 앞에서 봤던 오손 웰스의 〈시민케인〉을 편집한 장본인이다. 1961년 뮤지컬 〈웨스트사이드 스토리〉를 영화화하면서 뮤지컬 영화감독으로서 인정받게 된다.

영화에 나오는 곡 'Maria', 'Have Confidence', 'Do-Re-Mi' 'The Sound of Music', 'Edelweiss', 'So Long, Farewell'을 한번 따라 불러보자~.

아이들과 노래 부르는 마리아 ⓒ 〈사운드 오브 뮤직〉

〈라라랜드〉(La La Land, 2016)

〈라라랜드〉 포스터

영화의 제목, 라라랜드(La La Land)는 무슨 의미일까?

라라랜드는 미국 로스앤젤레스의 별명이기도 하고 꿈의 나라, 비현실적인 세계, 꿈을 꾸는 사람들을 위한 별들의 도시. 이런 의미를 담기도 한다. 음악과 춤, 배경의 영상미가 너무나 아름다운 뮤지컬 영화다.

〈라라랜드〉는 재즈 피아니스트 '세바스찬'과 배우 지망생인 '미아'의 꿈과 사랑의 여정을 담고 있다. 여주인공 '미아'역은 우리가 앞에서 본 영화 〈헬프〉의 주인공 '스키터'역을 맡은 '엠마 스톤'이 맡았다. '세바스찬' 역의 '라이언 고슬링'은 영화에서 직접 피아노 연주를 한 열정적인 배우다.

이 영화는 시작부터 뮤지컬 영화의 감동을 전한다. 꽉 막힌 도로 위의 오프닝 장면은 흥미롭다. LA고속도로에서 100대의 자동차, 90명의 댄서가 이틀 동안 촬영했다고 한다. 이 영화는 롱테이크(long take) 장면이 많은데, 이 장면이 대표적이다. 롱테이크는 한 쇼트를 길게 촬영하는 것을 의미하는데, 보통 상업영화의 쇼트는 10초 내외로 짧은데 롱테이크는 1-2분 이상 편집 없이 진행되는 것을 말한다.

세바스찬과 미아 ⓒ 〈라라랜드〉

고속도로 오프닝 신 ⓒ 〈라라랜드〉

미아는 열정적으로 자신의 꿈을 향해 달려간다. 배우의 꿈을 위해 대학도 포기하고 오디션에 도전한다. 커피숍 아르바이트를 하며 현실적 생활도 열심이다. 세바스찬 역시 자신이 고집하는 재즈 음악에 대한 꿈을 향해 나아간다. 비록 현실적이지 못하지만 꿈에 대한 확신만큼은 누구보다 강하다.

우연히 피아노 소리에 끌려 들어간 식당. 거기서 만난 피아노 치는 남자, 도로에서의 첫 만남처럼 무뚝뚝하다. 그리고 또 다른 우연한 만남이 이 둘을 이제는 꿈을 향해 함께 가는 동반자가 되게 한다. 노을을 배경으로 춤추는 이들의 탭댄스 장면은 가슴 설레는 명장면이다.

세바스찬과 미아 탭댄스 장면 ⓒ 〈라라랜드〉

재즈를 좋아하지 않던 미아는 사랑하는 이의 열정, 꿈인 재즈를 좋아하게 된다. 사랑하는 여인이 생긴 세바스찬은 자신이 고집하는 음악 세계보다는 사랑하는 사람을 위해 꿈의 일부를 접어보기도 한다.

돈을 벌기 위해 그룹 활동을 하면서 투어 공연으로 바빠진 세바스찬, 자신만의 연극을 해보지만 계속 실패를 겪는 미아. 결국 미아는 고향으로 돌아간다. 하지만 그 자리에서 연극을 보고 미아의 가능성을 본 사람이 세바스찬에게 연락해오고, 세바스찬은 미아를 찾아 한 번더 꿈에 도전해볼 것을 권한다. 결국 미아는 이 오디션을 계기로 원하던 배우의 길로 가게 되고 성공을 위해 다른 나라로 떠나면서 결국 둘은 각자의 길로 가게 된다.

세바스찬과 미아 ⓒ 〈라라랜드〉

많은 시간이 지난 후 미아는 세바스찬이 아닌 다른 사람과 결혼을 하고 남편과 함께 우연히 들린 재즈바에서 세바스찬을 보게 된다. 그가 원하던, 그의 열정인 재즈 음악을 연주할 수 있는 자신만의 재즈바. 미아가 예전에 그의 꿈을 응원하며 지었던 이름 〈SEB's〉바에서의 마지막 장면. 두 사람은 각자 다른 자리에서 자신의 꿈. 라라랜드를 찾은 것이다.

〈라라랜드〉 속 장면

영화의 제작과정이 영화의 주인공들의 현실과 어찌 보면 닮았다. 감독 데이먼 샤젤(Damien Chazelle)은 이 영화를 2010년부터 무려 7년여의 세월 동안 준비했다고 한다. 그는 라라랜드를 그의 또 다른 영화 〈위플래쉬〉(Whiplash, 2014)보다 먼저 구상했지만, 각본부터 거부당하고 좌절한다. 영화 〈라라랜드〉를 만들어가는 과정이 주인공 세바스찬과 배우지망생 미아처럼 현실의 벽에 부딪친다.

그러나 데이먼 샤젤 감독은 다른 작업을 하면서도 라라랜드에 대한 꿈은 버리지 않는다.

재즈광이었던 자신의 경험을 담은 〈위플래쉬〉로 무명 극작가에서 스타 감독으로 인정받게 되면서 〈라라랜드〉의 제작의 길도 열리게 된다. 대학 친구로 한 때 같이 밴드 활동을 했던 음악감독 저스틴 허위츠(Justin Hurwitz)와 〈위플래쉬〉 이후 다시 호흡을 맞춰 함께 7년 동안 그들이 꿈꾸던 라라랜드를 만들어간다. 영화 〈위플래쉬〉가 감독 자신의 경험을 바탕으로 제작됐던 것처럼 영화 〈라라랜드〉도 그들이 꿈꾸는 라라랜드를 만들어가는 과정이 영화 속에 녹아 있어 더 감동을 주는 것이 아닌지 생각해보게 된다.

뮤지컬 영화 〈라라랜드〉는 2017년 89회 아카데미 시상식에서 6개 부문을 수상하는데, 작곡가 저스틴 허위츠가 음악상을, 테마곡 'City of Stars'가 주제가상을 수상한다. 뮤지컬 영화에서의 노래는 대사이기도 하며 전체 내러티브를 이끈다. 테마곡 자체가 영화의 전체적인 흐름을 주도하는 중요한 요소가 된다. 그런 점에서 라라랜드의 테마곡을 잘 감상하면 좋겠다.

테마곡 'City of Stars'는 영화에서 총 6번 나온다. 뮤지컬 영화에서 테마곡의 분위기를 바꾸거나 반복적으로 사용하는 것은 영화의 주제를 잘 드러내기 위함이다. 'City of Stars'는 세바스찬과 미아의 만남부터 사랑의 시작, 이별, 이별 후 등 전체적인 내러티브를 이끌어나간다. 그리고 6번의 연주는 기타연주부터 세바스찬의 솔로곡, 미아와의 듀엣곡, 재즈 연주, 피아노 연구, 허밍 등 다양하게 연주된다. 이 영화의 테마곡 'City of Stars'를 다양한 연주로 들으면서 장면이 어떻게 전개되는지 살펴보는 것도 좋은 감상이 될 것이다.

〈라라랜드〉 음반

City of stars,

City of stars,
Are you shining just for me?

City of stars,
There's so much that i can't see.

Who knows
I felt it from the first embrace I shared with you.

That now, Our dreams,
They've finally come true.

City of stars,
Just one thing everybody wants.

There in the bars
and through the smokescreen of the crowded restaurants.

It's love
Yes, all we're looking for is love from someone else
A rush
A glance
A touch
A dance
To look in somebody's eyes,
To light up the skies,
To open the world and send me reeling,
A voice that says i'll be here
and you'll be alright

I don't care if I know just where I will go
Cause all that I need is this crazy feeling
And rat-a-tat of my heart
I think I want it to stay

City of stars,
Are you shinning just for me?

City of stars,
You never shined so brightly

모든 삶이 그렇듯, 뮤지컬 영화를 보며, 주위 사람들과의 화합이 없이는 그 무엇도 이룰 수 없다는 것을 알았다. 꿈도 마찬가지다. <사운드 오브 뮤직>도 그렇고 <라라랜드>도 제작 과정에서 많은 어려움들이 있었다. 두 영화 모두 처음 계획했던 캐스팅이 바뀌는 등 어려운 일이 있었지만, 주위 사람들과의 협력으로 대작을 만들 수 있었다.

　특별히 <라라랜드>는 기획부터 7년이라는 긴 시간 동안 많은 어려움들이 있었다. 감독과 작곡가가 힘을 합쳐 그 꿈을 이루어낸 모습이 감동적이었다. 영화에서 세바스찬과 미아가 자신의 꿈을 찾아가는 것처럼. 꿈의 세계 라라랜드를 찾기 위해서는 혼자만이 아니라 주변의 사랑하는 사람들과 함께 만들어야 한다. 꿈을 향한, 나의 라라랜드를 찾기 위한 하모니. 지상에서 가장 멋진 일이 아닐까 싶다.

　앞으로 하경이가 살아가면서 꿈을 응원해줄 많은 사람과 함께하길 바란다. 또한 바쁘다는 핑계로 꿈을 잃고 사는 것은 아닌지, 되돌아보면서 늘 열정적인 삶을 살았으면 좋겠다. 자신이 꿈꾸는 라라랜드는 언제나 자기 안에 존재한다.

　영화를 보고 나의 라라랜드는 뭘까에 대해 많은 생각을 했다. 얼마 전 방탄소년단의 유엔연설이 생각난다. 참 감동적이었다. 평범한 소년이 현실과 만나면서 노래 가사처럼 심장이 멈춰버렸고, 그렇지만 음악을 만나면서 깨어났다고. 어려운 난관이 있었고, 주변의 조롱도 있었고, 그렇지만 오랜 시간 포기하지 않고 다시 심장이 뛰는 일을 하고 있다고.

　무엇이 여러분의 심장을 뛰게 만드는지 묻는 방탄의 말이 내게 묻는 것 같았다. 내가 요즘 고민하는 일이기 때문이다.

　'진정한 사랑은 나 자신을 사랑하는 것에서 시작된다'라고 한다. 나 자신, 내 목소리에 귀 기울이며 살아야겠다. 내가 좋아하는 것과 내가 잘 할 수 있는 일을 하며 사는 것이야말로 나의 라라랜드일 것이다. 신명 나게 그 길을 향해 달려갈 것이다. 뮤지컬 영화가 준 에너지와 함께 말이다.

협성문화재단
NEW BOOK
프로젝트 총서

**엄마와 함께
고전영화 읽기**

초판 1쇄 발행   2018년 12월 15일
    2쇄 발행   2019년 02월 20일

지은이   조수진

발행처   (재)협성문화재단

           부산광역시 동구 중앙대로 360(수정동) 협성타워 9층

           T. 051) 503-0341   F. 051) 503-0342

제작처   도서출판 호밀밭 homilbooks.com

           T. 070) 7701-4675 F. 0505) 510-4675

ISBN 978-89-98937-98-0 (03810)

이 도서의 국립중앙도서관 출판예정도서목록(CIP)은 서지정보유통지원시스템 홈페이지(http://seoji.nl.go.kr)와 국가자료공동목록시스템(http://www.nl.go.kr/kolisnet)에서 이용하실 수 있습니다. (CIP제어번호: CIP2018039163)